www.ingramcontent.com/pod-product-compliance
Lightning Source LLC
LaVergne TN
LVHW010407070526
838199LV00065B/5913
9789358725179

غالب کے اڑیں گے پرزے

(طنزیہ و مزاحیہ مضامین)

کنہیا لال کپور

© Taemeer Publications LLC
Ghalib ke udein gey purzey *(Humorous Essays)*
by: Kanhaiya Lal Kapoor
Edition: October '2024
Publisher :
Taemeer Publications LLC (Michigan, USA / Hyderabad, India)

ISBN 978-93-5872-517-9
9 789358 725179

مصنف یا ناشر کی پیشگی اجازت کے بغیر اس کتاب کا کوئی بھی حصہ کسی بھی شکل میں بشمول ویب سائٹ پر اَپ لوڈنگ کے لیے استعمال نہ کیا جائے۔ نیز اس کتاب پر کسی بھی قسم کے تنازع کو نمٹانے کا اختیار صرف حیدرآباد (تلنگانہ) کی عدلیہ کو ہو گا۔

© تعمیر پبلی کیشنز

کتاب	:	**غالب کے اڑیں گے پرزے** (مضامین)
مصنف	:	**کنہیالال کپور**
صنف	:	طنز و مزاح
ناشر	:	تعمیر پبلی کیشنز (حیدرآباد، انڈیا)
سالِ اشاعت	:	۲۰۲۴ء
صفحات	:	۹۶
سرورق ڈیزائن	:	تعمیر ویب ڈیزائن

فہرست

(۱)	غالب کے اڑیں گے پرزے	6
(۲)	ترقی پسند غالب	13
(۳)	غالب جدید شعرا کی ایک مجلس میں	25
(۴)	غالب کے دو سوال	42
(۵)	ایک شعر یاد آیا	51
(۶)	مرزا جگنو	56
(۷)	پیر و مرشد	61
(۸)	سائیں بابا کا مشورہ	72
(۹)	بنانے کا فن	78
(۱۰)	شیخ سلی	85
(۱۱)	بندہ پرور! کب تلک؟	91

غالب کے اڑیں گے پرزے

باغ بہشت میں مرزا غالب اپنے محفل میں ایک پر تکلف مسند پر بیٹھے دیوان غالب کی ورق گردانی کر رہے ہیں۔ اچانک باہر سے نعروں کی آواز آتی ہے۔ غالب کے اڑیں گے پرزے۔ غالب کے... اڑیں گے پرزے۔۔۔ مرزا گھبرا کر لاحول پڑھتے ہیں اور فرماتے ہیں یہ لوگ جنت میں بھی چین نہ لینے دیں گے۔ پھر خدمت گار کو حکم دیتے ہیں باہر جا کر پتہ لگاؤ یہ کون لوگ ہیں اور کیا چاہتے ہیں۔ وہ خبر لاتا ہے "غالب شکنوں" نے ایک جلوس نکالا ہے جس کی رہنمائی یاس یگانہ اور طباطبائی کر رہے ہیں اور یہ جلوس شہنشاہ سراج الدین ابو ظفر کے محل کی جانب بڑھ رہا ہے۔ اتنے میں 'دیوان غالب' کے سیکڑوں بلکہ ہزاروں پرزے فضا میں اڑتے ہوئے مرزا کے محل میں گرتے ہیں وہ ان کو اٹھاتے ہیں اور یہ دیکھ کر حیران رہ جاتے ہیں کہ ان پر ان کے اشعار کے علاوہ کچھ اور بھی لکھا ہے۔

کریدتے ہو جو اب راکھ جستجو کیا ہے۔۔۔ خوب! محبوب نہ ہوا مرغی ہوئی جو راکھ کرید رہی ہے۔ کریدتے کا لفظ یہاں کتنا غیر مناسب ہے (طباطبائی۔۔۔) بوجھ وہ سر سے گرا ہے کہ اٹھائے نہ اٹھے۔ واہ صاحب واہ! خدا کا شکر کیجئے کہ بوجھ سر سے گر پڑا ہے۔ اب اسے پھر اٹھا کر گردن تڑوانے کا ارادہ ہے کیا۔۔۔؟ پھر مجھے دیدۂ تر یاد آیا۔ اجی صاحب! کس کا دیدۂ تر؟ اپنا؟ رقیب کا؟ یا محبوب کا۔۔۔؟ سنگ اٹھایا تھا کہ سر یاد آیا۔ یک

نہ شد دو شد۔ بھئی کس کا سر یاد آیا؟ مجنوں کا؟ اپنا؟ یا شیخ ابراہیم ذوق کا۔۔۔؟ دونوں جہان دے کے وہ سمجھے یہ خوش رہا۔۔۔ کس کو دونوں جہان دے کر کون خوش رہا؟ یہ معمہ ہے یا مصرع؟ شمع بجھتی ہے تو اس میں دھواں اٹھتا ہے۔۔۔ یہ بھی خوب رہی۔۔۔ بجھ شمع رہی ہے اور دھواں 'میں' سے نکل رہا ہے۔ (مجاز لکھنوی)

ان کے ناخن ہوئے محتاج حنا میرے بعد۔ کیوں صاحب! اگر محروم حنا میرے بعد لکھ دیتے تو کیا حرج تھا۔۔۔ یہ مسائل تصوف اور یہ ترا بیان غالب۔۔۔ خدا لگتی کہئے اس غزل میں آپ نے تصوف کی کون سی رمز بیان کی ہے اور ہم آپ کو کیسے ولی سمجھ لیں۔ کیا تیر نیم کش میں تصوف سمویا گیا ہے یا مر کر رسوا ہونے میں۔۔۔؟ اتنے شیریں ہے تیرے لب کہ رقیب۔ گالیاں کھا کے بے مزا نہ ہوا۔۔۔ وہ رقیب ہی کیا جس کے مقدر میں محبوب کی گالیاں لکھی ہوں۔ پھر آپ اور رقیب میں فرق ہی کیا رہا۔۔۔؟ میں اور اندیشہ ہائے دور دراز۔۔۔ یہ بھی بتا دیا ہوتا وہ اندیشہ ہائے دور دراز کیا ہیں۔ حقیقت تو یہ ہے کہ وہ اپنی زلفیں سنوارنے میں مصروف ہیں اور آپ انہیں نظر بھر کر دیکھ رہے ہیں۔ آئینے میں سہی۔۔۔ ملنا ترا اگر نہیں آساں تو سہل ہے۔۔۔ یہ بات کیا بنی۔ اگر آساں نہیں تو سہل کیسے ہے۔۔۔؟ اپنے جی میں ہم نے ٹھانی اور ہے۔۔۔ کیا ٹھانی ہے؟ کیا امراؤ بیگم کو طلاق دینے کا ارادہ ہے یا ستم پیشہ ڈومنی کو اغوا کرنا چاہتے ہیں۔۔۔ نیند کیوں رات بھر نہیں آتی۔۔۔ ظاہر ہے کہ مے نوشی کی وجہ سے آپ کا اعصابی نظام کمزور پڑ گیا ہے۔ نیند کیسے آئے۔۔۔؟ موت آتی ہے پر نہیں آتی۔۔۔ جب آتی ہے اسے روک کیوں نہیں لیتے۔۔۔؟ "لکھتے رہے جنوں کو حکایات خونچکاں۔ ہر چند اس میں ہاتھ ہمارے قلم ہوئے" ہاتھ قلم ہو جانے کے بعد کیا پیر سے لکھتے رہے (طباطبائی۔۔۔) بیٹھا رہا اگرچہ اشارے ہوا کئے۔۔۔ کون کس کو اشارے کرتا رہا۔۔۔ آپ؟ رقیب؟ یا محبوب؟

غالب ان گستاخانہ تبصروں کو پڑھ کر زیر لب مسکراتے ہیں۔ اب وہ چند اور پرزے ملاحظہ فرماتے ہیں، "غالب کے نزدیک شاعری ذہنی عیاشی کا بدل ہے۔ انہوں نے جو کچھ لکھا اپنے بارے میں لکھا۔ عمر بھر وہ غم عشق کا رونا روتے رہے۔ کاش انہیں معلوم ہوتا۔۔۔ اور بھی غم ہیں زمانے میں محبت کے سوا۔"

"غالب نے جی بھر کر عشق کیا عموماً خیالی محبوبوں سے۔ جس قدر مے ملی ہر شب پیتے رہے عموماً قرض کی۔ پھر بھی انہیں شکایت رہی کہ ان کے ارمان بہت کم نکلے۔ اللہ اللہ کتنے بے صبر اور ناشکرے تھے وہ!

غالب اس پرزے کو پڑھ کر خوب ہنستے ہیں اور اب ایک بہت بڑا پرزہ اٹھاتے ہیں، "وہ جسے ہم انگریزی میں اسٹریم آف کانشس نیس STREAM OF CONSCIOUS NESS کہتے ہیں۔ مرزا کی تمام غزلوں میں رواں دواں ہے۔ مثال کے طور پر ان کی مشہور غزل لیجئے جس کا مطلع ہے،

کوئی امید بر نہیں آتی
کوئی صورت نظر نہیں آتی

ظاہر ہے ایام غدر میں وہ چاندنی چوک سے گزر رہے ہیں اور انہیں محسوس ہو رہا ہے کہ مغلیہ سلطنت کے زوال کے بعد ان کی کسی امید کے بر آنے کا امکان نہیں۔ چاندنی چوک میں ہو سناٹا ہے کہ کہیں کوئی اچھی صورت نظر نہیں آ رہی۔ یک لخت ان کا خیال گوروں کے ہاتھ ہندوستانیوں کی پکڑ دھکڑ کی طرف جاتا ہے اور وہ پوچھتے ہیں جب مرنا بر حق ہے تو پھر گوروں کے ڈر سے نیند کیوں رات بھر نہیں آتی۔ گوروں سے ان کا تخیل اپنے شاگرد رشید مولانا الطاف حسین حالی کی طرف منتقل ہو جاتا ہے اور وہ حالی کو دل ہی دل میں جھڑک کر کہتے ہیں۔۔۔ جانتا ہوں ثواب طاعت و زہد۔۔۔ پر طبیعت ادھر نہیں

آتی۔ پھر وہ سوچتے ہیں یہ حالی بہت بڑا بور ہے، لیکن امراؤ بیگم نے مدت سے جان عذاب میں ڈال رکھی ہے۔ کیوں نہ اسے ایک دن کھری کھری سنائی جائیں۔ پھر ڈرتے ہیں کہ کہیں لینے کے دینے نہ پڑ جائیں، اس لئے فرماتے ہیں،

ہے کچھ ایسی ہی بات جو چپ ہوں
ورنہ کیا بات کر نہیں آتی

چونکہ وہ نشہ میں ہیں۔ اس لئے انہیں مطلقاً علم نہیں کہ وہ اس وقت کہاں ہیں۔ اپنی مضحکہ خیز حالت پر تبصرہ کرتے ہوئے کہتے ہیں۔ ہم وہاں ہیں جہاں سے ہم کو بھی کچھ ہماری خبر نہیں آتی۔ معاً انہیں یاد آتا ہے کہ ظفر نے انہیں حج پر ساتھ لے چلنے کی پیش کش کی تھی، لیکن وہ رند شاہد باز ہیں۔ اس لئے ان کا حج قبول نہیں ہوگا۔ کف افسوس ملتے ہوئے فرماتے ہی،

کعبے کس منہ سے جاؤ گے غالب
شرم تم کو مگر نہیں آتی

اپنی غزل کی یہ تاویل سن کر مرزا ایک فلک شگاف قہقہہ لگاتے ہیں لیکن اس سے اگلا پرزہ پڑھ کر ان کی ہنسی سنجید گی میں تبدیل ہو جاتی ہے۔"غالب شاعر نہیں افسانہ نگار تھے۔" انہیں مختصر ترین افسانے لکھنے میں کمال حاصل تھا۔ ان کے کچھ افسانے تو اپنے اختصار اور اپنی افسانویت کے باعث شاہکار کہے جاسکتے ہیں۔ مثلاً،

کہاں میخانہ کا دروازہ غالب اور کہاں واعظ
پر اتنا جانتے ہیں کل وہ جاتا تھا کہ ہم نکلے

(نوٹ، اس افسانے کا مرکزی خیال یہ ہے کہ خاقانیٔ ہند شیخ ابراہیم ذوق جن کے زہد کی دہلی میں دھوم ہے۔ کل چوری چھپے شراب پیتے پکڑے گئے۔

ایک اور افسانے میں انہوں نے پاسباں کے ہاتھوں اپنے پٹ جانے کے واقعہ کو یوں بیان کیا ہے،)

گدا سمجھ کے وہ چپ تھا مری جو شامت آئی
اٹھا اور اٹھ کے قدم میں نے پاسباں کے لئے

اور مندرجہ ذیل شعر تو ایک اچھے خاصے نفسیاتی ناول کا موضوع بن سکتا ہے،

کی مرے قتل کے بعد اس نے جفا سے توبہ
ہائے اس زود پشیماں کا پشیماں ہونا

اس سے اگلا پرزہ انہیں سر پیٹنے پر مجبور کر دیتا ہے، "ہندوستان کی الہامی کتابیں دو ہیں۔ ایک وید مقدس اور دوسرا دیوان غالب۔" مرزا غالب نے اپنے بہترین اشعار میں وید منتروں کی بہت عمدہ تفسیر کی ہے۔ رگ وید میں ایک منتر آتا ہے جس کا مفہوم ہے انسان بنو۔ مرزا فرماتے ہیں،

بسکہ دشوار ہے ہر کام کا آساں ہونا
آدمی کو بھی میسر نہیں انساں ہونا

یجر وید میں کہا گیا ہے خدا کی ذات کے سوا تمام چیزیں ہیچ اور معدوم ہیں۔ مرزا اس نکتے کو یوں بیان کرتے ہیں،

جب کہ تجھ بن نہیں کوئی موجود
پھر یہ ہنگامہ اے خدا کیا ہے

اتھر وید کے ایک منتر میں تلقین کی گئی ہے کہ یہ دنیا دھوکا ہے۔ غالب نے اس خیال کا اظہار اس طرح کیا ہے،

ہستی کے مت فریب میں آ جائیو اسد

عالم تمام حلقہ دام خیال ہے

مرزا اپنا سر پکڑ کر رہ جاتے ہیں۔ دو ایک منٹ کے سکوت کے بعد کہتے ہیں، "توبہ توبہ۔ غالب اور ویدوں کا مفسر۔" سفید جھوٹ کی اس سے بڑی مثال مشکل سے ملے گی۔ یا خدا! یہ میں نے کیا کیا۔ کیوں خواہ مخواہ بھینس کے آگے بین بجائی۔ یہ پرزے پڑھ کر تو یہ معلوم ہوتا ہے جیسے میرا دیوان ایک گورکھ دھندا ہے۔ ارے بھئی میاں مہدی حسین مجروح، شیفتہ، ہر گوپال تفتہ ذرا ادھر آؤ اور اپنی آنکھوں سے دیکھو میرے دیوان کی کیا گت بنائی جا رہی ہے۔

یک لخت دروازے پر دستک ہوتی ہے اور اندر آنے کی اجازت ملنے پر منشی ہر گوپال تفتہ داخل ہوتے ہیں۔

"آداب عرض پیر و مرشد! مبارک ہو۔ بہت بہت مبارک ہو۔"

"منشی ہر گوپال تفتہ، دیکھ نہیں رہے ہو۔ میرے پرزے اڑائے گئے ہیں اور تم مبارک باد پیش کر رہے ہو، گویا میرے زخموں پر نمک چھڑک رہے ہو۔"

"پیر و مرشد! میں جانتا ہوں جن گستاخ ہاتھوں نے آپ کے پرزے اڑائے اور یہ بھی جانتا ہوں ان کا حشر کیا ہوا۔"

"حشر کیا ہونا تھا، سنا ہے وہ شہنشاہ ظفر کے محل میں پہنچے اور انہیں طعنہ دیا۔ انہوں نے مجھ ایسے، ہیچ مداں کو کیوں منہ لگا رکھا تھا۔"

"گستاخی معاف مرزا، آپ نے غلط سنا۔ جلوس کو شہنشاہ کے محل تک پہنچنے ہی نہیں دیا گیا۔ فرشتوں کی ایک خاص گارڈ نے اسے حراست میں لے لیا۔"

"حراست میں لے لیا! پھر اسے کہاں لے گئے؟"

"داور محشر کی عدالت میں۔"

"پھر؟"

"باری تعالیٰ نے جلوس کے رہنماؤں کو سخت ترین سرزنش کرنے کے بعد فرمایا، وجہ بیان کرو کہ غالب شکنی کے جرم میں ابھی کیوں نہ تمہارے پرزے اڑا دیئے جائیں۔"

"اور بھی کچھ کہا؟"

"جی ہاں! انہوں نے مزید فرمایا، ہم حکم دیتے ہیں کہ غالب کی صد سالہ برسی کے موقع پر جو عالم فانی میں منائی جارہی ہے، دارالبقا میں دیوان غالب سونے کے حروف میں شائع کیا جائے اور ہماری ذاتی لائبریری میں اسے ہی مقام دیا جائے جو کلیات شیکسپیر، کلیات کالی داس، اور کلیات ڈانٹے کو حاصل ہے۔"

"خالق کون ومکاں! تمہارا کس زبان سے شکریہ ادا کروں۔"

غالب سجدے میں گر جاتے ہیں اور جب اٹھتے ہیں تو دیکھتے ہیں کہ "دیوان غالب" کے پرزوں نے خوبصورت اوراق کی صورت اختیار کرلی ہے جن پر ان کی غزلیں سونے کے حروف سے لکھی گئی ہیں۔

***

ترقی پسند غالب

پہلا منظر

(باغ بہشت میں مرزا غالب کا محل۔ مرزا دیوان خانہ میں مسند پر بیٹھے ایک پری زاد کو کچھ لکھوا رہے ہیں، ساغر و مینا کا شغل جاری ہے۔ ایک حور ساقی کے فرائض انجام دے رہی ہے)

(منشی ہر گوپال تفتہ داخل ہوتے ہیں)

تفتہ آداب عرض پیر و مرشد۔ یہ آج پری زاد سے کس قسم کا انتقام لیا جارہا ہے کہ اسے اچھا خاصا کاتب بنا دیا۔

غالب آؤ آؤ مرزا تفتہ، بہت دنوں کے بعد آئے ہو بھئی بیٹھو۔ کچھ اپنی کہو، ہماری سنو۔

تفتہ لیکن بندہ نواز یہ سلسلہ کیا ہے؟ کیا کوئی تازہ غزل لکھوائی جارہی ہے؟

غالب جنت اور تازہ کلام۔ میاں جہاں دودھ اور شراب کی نہریں ہوں، حوریں اور پری زاد زلف سیاہ رخ پہ پریشان کئے ہر وقت چشم براہ اور گوش بر آواز ہوں وہاں احساس نا امیدی کہاں، اور اس کی عدم موجودگی میں ساز غزل سے کوئی نغمہ ابھرے یا پھوٹے یہ کس طرح ممکن ہے، واللہ کیا دن تھے وہ بھی جب شراب کے ایک ایک جرعے کو ترستے تھے۔ قرض کی مے پینے میں کتنا مزا تھا جب۔۔۔

تفتہ قطع کلام معاف مرزا صاحب، کل ریاض خیر آبادی سے اس موضوع پر ایک شعر سنا بخدا لطف آگیا۔

غالب ارشاد۔

تفتہ

اپنی یہ وضع اور یہ دشنام مے فروش
سن کے جو پی گئے یہ مزا مفلسی کا تھا

غالب سبحان اللہ کیا تیور ہیں شعر کے۔ خدا خوش رکھے ریاض کو، خمریات میں بڑا نام پیدا کیا ہے لیکن رہا مولوی ہی ساری عمر۔ ظالم نے جنت میں آ کر بھی نہیں چکھی۔

تفتہ باتوں باتوں میں میر اسوال تو آپ فراموش ہی کر گئے۔ میں نے عرض کیا تھا، پری زاد سے کیا لکھوایا جا رہا ہے؟

غالب کوئی نئی چیز نہیں یونہی اپنی چند غزلوں کو بنانے کے لئے بیٹھ گیا۔ سوچا بیکار مباش۔

تفتہ گستاخی معاف حضور! لیکن ان غزلوں میں اصلاح کی گنجائش کہاں ہے۔ سونے پر سہاگہ کرنے کی ٹھانی ہے کیا؟

غالب گنجائش اس طرح نکل آئی کہ ان میں رجعت پسندی کے کافی عناصر ہیں، انہیں ترقی پسند سانچے میں ڈھال رہا ہوں۔

تفتہ خوب، خوب، تو جنت میں آنے کے بعد آپ کو ترقی پسند بننے کا شوق ہوا ہے۔ خدا را! اپنے پہ نہیں تو اپنے عزیزوں پر رحم کیا ہوتا۔

غالب بھئی بات تو تم ٹھیک کہتے ہو، لیکن ہوا کے رخ کو بھی تو دیکھنا پڑتا ہے۔

تفتہ (طنزاً) ہائے اس زود پشیماں کا پشیماں ہونا

غالب اور ہم اگر جواب میں کہیں،

کچھ اور چاہئے وسعت مرے بیان کے لئے

تفتہ حضور! خدا کے لئے بیان میں مزید وسعت پیدا کرنے سے احتراز فرمایئے۔ بے چارے نقاد پہلے ہی کافی پریشان ہیں۔ اگر اصلاح شدہ کلام کی شرح لکھنی پڑی تو خیر و عافیت معلوم ہو جائے گی۔

غالب میں نے فیصلہ کیا ہے یہ کلام دارالبقامیں رہے گا۔

تفتہ تو اس سے آپ کا مطلب تو حل ہو گا نہیں۔ دارالمکافات کے نقاد آپ کا شمار ترقی پسند شعرامیں کرنے سے تو رہے۔

غالب دل کے بہلانے کو غالب یہ خیال اچھا ہے

تفتہ بجا ارشاد ہوا، قبلہ! ایک سوال بڑی دیر سے میرے ذہن میں چٹکیاں لے رہا ہے۔ اجازت ہو تو عرض کروں۔

غالب بلا تامل کہئے۔

تفتہ جنت کی حقیقت تو آپ کو معلوم ہو گئی، کبھی جنت میں دلی کی بھی یاد آئی، خاص کر محلہ بلی ماراں کی؟

غالب محلہ بلی ماراں! آہ مرزا تفتہ۔ یہ تم نے کس کی یاد دلا دی؛

اک تیر میرے سینے پہ مارا کہ ہائے ہائے

خدا گواہ ہے، وہاں سے آئے ہوئے نوے برس ہونے کو آئے لیکن محلہ بلی ماراں کا نقشہ دن رات میری آنکھوں کے سامنے رہتا ہے۔

تفتہ تو کیوں نہ ایک آدھ دن کے لئے دلی کی سیر کی جائے۔ یہاں رہتے رہتے طبیعت اوب گئی ہے۔ نہ مشاعرے، نہ مجلسیں، نہ نوک جھونک، نہ لطیفہ بازی۔ بس ہر

طرف شہد اور دودھ کی نہریں، اور ان پر بھنبھناتی ہوئی مکھیاں۔

غالب لیکن وہاں جائیں تو کیسے، نہ تقریب، نہ دعوت نامہ اور پھر دہلی میں ہمیں کون پوچھے، کون سمجھے گا۔

تفتہ یہ بات تو نہیں جناب دہلی کیا سارے ہندوستان میں آپ کے لاکھوں پرستار موجود ہیں۔ ابھی چند دن ہوئے پنڈت ہری چند اختر وہاں سے تشریف لائے ہیں۔ انہوں نے وہ وہ قصے سنائے کہ طبیعت مچل مچل گئی۔

غالب اچھا، کچھ ہم بھی سنیں، کیا کہا انہوں نے؟

تفتہ دلی میں آپ کا شاندار مزار تعمیر کیا گیا ہے۔ ایک فلم آپ کی زندگی پر بنائی گئی ہے اور آپ کا دیوان دیوناگری رسم الخط میں شائع کیا گیا ہے۔

غالب جزاک اللہ اور یہ اس غالب کی عزت افزائی کی گئی ہے جسے ساری عمر یہ شکایت رہی؛

ہم نے مانا کہ دلی میں رہیں کھائیں گے کیا

تفتہ معلوم ہوتا ہے کہ لوگ آپ کی وفات حسرت آیات کے منتظر تھے جونہی آپ اللہ کو پیارے ہوئے قدر افزائی کے ڈونگرے برسنے لگے۔

غالب یہ بات تھی تو ہمیں ہلکا سا اشارہ کر دیا ہوتا۔ ہم برسوں پہلے سفر آخرت اخیار کر لیتے۔

تفتہ تو فرمایئے، دلی چلئے گا۔ اختر صاحب کی زبانی پتہ چلا کہ لال قلعہ میں عظیم الشان مشاعرہ ہو رہا ہے۔

غالب لال قلعہ! مشاعرہ!! یہ تو گویا دو آتشتہ ہے، بھئی ضرور چلیں گے۔

دوسرا منظر

(لال قلعہ دلی کے دیوان عام میں غالب کی یاد میں ایک مشاعرے کا اہتمام کیا گیا۔ شعرا اسٹیج پر جلوہ افروز ہیں۔ سامعین بے تابی سے کارروائی شروع ہونے کا انتظار کر رہے ہیں۔ اسٹیج سیکریٹری مائک کے سامنے آتا ہے۔)

اسٹیج سکریٹری صاحب صدر، خواتین و حضرات! یہ مشاعرہ اقلیم سخن کے اس شہنشاہ کی یاد میں منعقد کیا گیا ہے جسے مرزا اسد اللہ غالب کے نام نامی سے یاد کیا جاتا ہے، جو اسی لال قلعہ کی محفلوں میں بارہا غزل سرا ہوا اور جس کے کلام نے عوام کے علاوہ مغلیہ سلطنت کے آخری تاجدار کو محفوظ و مسحور کیا۔ کاش وہ آج ہمارے درمیان موجود ہوتا اور اپنی غزل سرائی سے ہمارے دلوں کو گرماتا۔

ایک آواز حضرت! آپ نے مجھے یاد فرمایا، میں تو آپ کے درمیان موجود ہوں۔

(سامعین میں ہلچل سی مچ جاتی ہے سب پیچھے کی طرف مڑ کر دیکھتے ہیں)

ایک اور آواز میں ہر گوپال تفتہ بڑی مسرت سے آپ کو یہ خوشخبری سناتا ہوں کہ نجم الدولہ دبیر الملک مرزا اسد اللہ خاں غالب بہ نفس نفیس اسٹیج پر تشریف لا رہے ہیں۔

(مرزا غالب اور منشی ہر گوپال تفتہ اسٹیج کی طرف بڑھتے ہوئے دکھائی دیتے ہیں۔ سامعین کھڑے ہو کر آداب بجالاتے ہیں۔ صاحب صدر اور اسٹیج سکریٹری مرزا اور تفتہ کے حق میں دست بردار ہو جاتے ہیں)

غالب (کرسی صدارت پر بیٹھنے کے بعد) بھئی تفتہ، شمع بردار کہاں ہے۔ اس سے کہو کہ شمع کسی ترقی پسند شاعر کے سامنے لائے۔

ایک شاعر گستاخی معاف مرزا، ہمارے مشاعروں میں شمع بردار نہیں ہوتا، ہم بجلی کے لیمپ کی روشنی میں مائیک کے سامنے اپنا کلام پڑھتے ہیں۔

غالب تو پھر شروع کیجئے، یہ دونوں چیزیں تو موجود ہیں۔

مصائب دہلوی غزل سماعت فرمائیے۔

غالب بھئی کوئی ترقی پسند نظم سنایئے، آخر ہم جنت سے غزل سننے کے لئے تو نہیں آئے۔

مصائب دہلوی معاف کیجئے مرزا، نظم سے تو میں تائب ہو چکا ہوں۔

غالب ہائیں، نظم سے توبہ کر لی، آخر کیوں؟

مصائب دہلوی وجہ بیان کئے دیتا ہوں۔ عرض کیا ہے:

غزل سے بدکنا
غزل سے بھڑکنا
مرا اک معمول سا ہو گیا تھا
میں لکھتا تھا نظمیں
جنہیں اہل محفل
بجھارت پہیلی معما سمجھتے
سمجھتے نہ کچھ بھی بس اتنا سمجھتے
مگر میں نے دیکھا
کہ نظموں میں میری
نہیں مغز کوئی
یہ نظمیں کجا، محض تھی جعل سازی
کہ پڑھ کے انہیں شہر کا کوئی قاضی
پکارے۔ "الٰہی یہ کیا بک رہا ہے
کہ لاحول پڑھنے کو جی چاہتا ہے۔"

میں جب بھی کوئی نظم
محفل میں پڑھتا
تو دانتوں تلے انگلیاں
داب کر سب
کنکھیوں سے یوں دیکھتے میری جانب
کہ جیسے ہو احساس رحم ان میں پیدا
کسی نیم پاگل کسی سر پھرے پر
بالآخر یہ سوچا
کہ حد مسخرہ پن کی ہوتی ہے کوئی
چنانچہ غزل کی طرف لوٹ آیا
بچایا مجھے شکر تیرا خدایا

غالب خوب بہت خوب، تو گویا شام کا بھولا صبح کو گھر لوٹ آیا۔ لیکن صاحب ہم غزل نہیں سنیں گے۔

مصائب دہلوی اگر آپ نظم ہی سماعت فرمانا چاہتے ہیں تو پھر حضرت جدت لکھنوی سے کہئے کیونکہ وہ ترقی پسندوں کے سالار ہیں۔

غالب جدت لکھنوی اسٹیج پر تشریف لائیں۔

جدت لکھنوی مرزا صاحب! مصائب دہلوی نے تو صرف نظم سے توبہ کی ہے میں نے شاعری سے توبہ کر لی ہے۔

غالب تعجب ہے آخر اس انقلاب کی وجہ؟

جدت لکھنوی اگر آپ اصرار کرتے ہیں تو وجہ بھی ظاہر کئے دیتا ہوں۔

غزل سے مجھے اس لئے دشمنی تھی
کہ آساں نہیں ہے غزل اچھی کہنا
بڑا مارنا پڑتا ہے اس میں پتا
بڑی دور کی لانا پڑتی ہے کوڑی
جو سچ پوچھئے ایک نشتر غزل کا
ہے سو لاکھ بے کیف نظموں پہ بھاری
مگر چاہتی ہے غزل وہ ریاضت
کہ جس کے تصور سے لرزہ ہو طاری
چنانچہ بڑے چھوٹے "مصرعے" ملا کر
میں لکھتا رہا ایسی مہمل سی نظمیں
کہ پڑھ کے جنہیں آئے قاری کو غصہ
پڑھی نظم دلی کی مجلس میں میں نے
تو مزدور نے ایک یوں مجھ کو ٹوکا
"ابے دیکھ تو تو یہ کیا کر رہا ہے"
اسی دن سے کی میں نے نظموں سے توبہ
کہ مشکل بہت شاعری کا ہے شعبہ
چنانچہ میں خاموش ہوں چھ برس سے
فقط اللہ ہو اللہ ہو کر رہا ہوں
غالب آپ کی معذرت بجا، لیکن اگر آپ بھی رضامند نہیں تو پھر نظم پڑھنے کے لئے کس سے کہا جائے؟

جدت لکھنوی بسولہ حیدر آبادی جو ہیں۔

غالب بسولہ حیدر آبادی تشریف لائیں۔

بسولہ حیدر آبادی مرزا صاحب، اگر آپ کا خیال ہے کہ میں آپ کو غزل یا نظم سناؤنگا تو یہ آپ کی خوش فہمی ہے۔ یہ شغل تو مدت سے ترک کر رکھا ہے اگر چاہیں تو فضا میں ہتھوڑا یا درانتی لہرا کر دکھا سکتا ہوں۔

غالب خدا نخواستہ کہیں ہمارا سر پھوڑنے کا ارادہ تو نہیں۔

بسولہ حیدر آبادی تسلی فرمایئے ایسی کوئی بات نہیں۔

غالب لیکن آپ نظم سنانے سے کیوں گریز کر رہے ہیں؟

بسولہ حیدر آبادی بات دراصل یہ ہے مرزا کہ شاعری ایک بے کار مشغلہ ہے پھر جو بات ہتھوڑے میں ہے وہ قلم میں کہاں۔

غالب معاف کیجئے۔ میں آپ کا مطلب نہیں سمجھا۔

بسولہ حیدر آبادی مطلب ابھی واضح کئے دیتا ہوں۔ عرض کیا ہے؟

کبھی قلم ہاتھ میں تھا میرے
غزل بھی کہہ لیتا تھا میں خاصی
نہ جانے کیا میرے دل میں آئی
کہ توڑ ڈالا قلم کو ساتھی
پکڑ کے ہاتھوں میں ایک ہتھوڑا
ادب کی تخلیق کر رہا ہوں
ہتھوڑے سے یعنی لکھ رہا ہوں
ادب برائے یہ ماسکو ہے

نہیں ادب یہ برائے دلی
میں صاف اعلان کر رہا ہوں
کہ بن گئی ہے مرکھنی گائے
ہوا جو کرتی تھی بھیگی بلی
قسم مجھے گورکی کی ساتھی
ادب کو رہنے ادب نہ دوں گا
قسم مجھے ایلیا کی ساتھی
میں شاعری تو نہیں کروں گا
لگاؤں گا میں ادب میں نعرے
کہ آرہا ہے نیا سویرا
کہ شاعری ختم ہو چکی ہے
درانتیاں گیت گا رہی ہیں

غالب یا الٰہی یہ ماجرا کیا ہے۔ کوئی شاعر نظم سنانے کو تیار نہیں۔ (تفتہ سے) اچھا بھئی تفتہ مائک پر اعلان کر دیجئے کہ اگر کوئی صاحب نظم سنانا چاہتے ہیں تو اسٹیج پر آجائیں۔

تفتہ ہاں صاحب، ہے یہاں کوئی نظم گو شاعر؟

شعراء کوئی نہیں کوئی نہیں، ہم سب اب غزل گو ہو چکے ہیں۔

تفتہ (غالب سے) تو پیرو مرشد، آپ ہی کچھ ارشاد فرمایئے۔

غالب حضرات! ادھر چند دنوں سے دو ترقی پسند نظمیں کہی ہیں، انہیں پیش کرنے کی جسارت کرتا ہوں؛

شعراء ارشاد قبلہ!

غالب عرض کیا ہے،

ہم ہیں مشتاق اور وہ بے زار

کس کی حاجت روا کرے کوئی

شعراء، سبحان اللہ کیا بات پیدا کی ہے۔

غالب، آداب عرض، شعر ہے:

جان تم پر نثار کرتا ہوں

شرم تم کو مگر نہیں آتی

اور

بک رہا ہوں جنوں میں کیا کیا کچھ

ابر کیا چیز ہے، ہوا کیا ہے

شعر ہے،

موت کا ایک دن معین ہے

اور درویش کی صدا کیا ہے

اور صاحب آخری شعر ہے:

میں نے مانا کہ کچھ نہیں غالب

کیوں کسی کا گلہ کرے کوئی

تفتہ جواب نہیں حضور! اس ترقی پسندی کا، قبلہ اب دوسری نظم بھی عطا فرمائیے۔

غالب دوسری نظم ابھی نامکمل ہے۔ صرف تین شعر ہوئے ہیں۔

تفتہ ارشاد۔

غالب عرض کیا ہے،

دل سے تری نگاہ جگر تک اتر گئی

حیراں ہوں دل کو روؤں کہ پیٹوں جگر کو میں

شعراء واہ واہ کیا بے نظیر شعر ہے۔

غالب اسد بسمل ہے کس انداز کا قاتل سے کہتا ہے

وہ اپنی خو نہ چھوڑیں گے ہم اپنی وضع کیوں بدلیں

تفتہ واللہ کہاں تان توڑی ہے قبلہ، کیا نازک خیالی ہے۔

غالب اور تیسرا شعر ہے؛

دل کے خوش رکھنے کو غالب یہ خیال اچھا ہے

گر نہیں ہیں مرے اشعار میں معنی نہ سہی

تفتہ مرحبا، یہ آپ کا ہی حصہ ہے مرزا صاحب، ندرت کی داد نہیں دی جاسکتی۔

غالب آداب عرض، تو حضرات اب مجلس برخاست کی جاتی ہے کیونکہ معلوم ہوتا ہے کہ مجھ کافر کے علاوہ سب کفار مسلمان ہو چکے ہیں، یعنی غزل گوئی کی طرف لوٹ آئے ہیں اور خاکسار جب سے جنت آشیانی ہوا ہے۔ غزل کہنے یا سننے کی تاب نہیں لا سکتا۔ (تفتہ سے) بھئی تفتہ مائیک پر اعلان کر دو کہ سامعین اور شعراء تشریف لے جاسکتے ہیں۔

تفتہ خواتین و حضرات! پیر و مرشد کا ارشاد آپ نے سن ہی لیا، آپ آرام کیجئے۔ خاکسار اور مرزا بھی مزار غالب پر فاتحہ پڑھنے جائیں گے۔ ہو سکا تو سیکنڈ شو میں فلم "مرزا نوشہ" بھی دیکھیں گے۔

الوداع، شب بخیر۔

***

غالب جدید شعرا کی ایک مجلس میں

دور جدید کے شعرا کی ایک مجلس میں مرزا غالب کا انتظار کیا جا رہا ہے۔ اس مجلس میں تقریباً تمام جلیل القدر جدید شعرا تشریف فرما ہیں۔ مثلاً م۔ ن ارشدؔ، ہیراجیؔ، ڈاکٹر قربان حسین خالصؔ، میاں رقیق احمد خوگر، راجہ عہد علی خاںؔ، پروفیسر غیظ احمد غیظؔ، بکرما جیت ورما، عبدالحی نگاہؔ وغیرہ۔

یکایک مرزا غالب داخل ہوتے ہیں ان کی شکل وصورت بعینہ وہی ہے جو مولانا حالیؔ نے "یادگار غالب" میں بیان کی ہے۔ ان کے ہاتھ میں "دیوان غالب" کا ایک نسخہ ہے۔ تمام شعرا کھڑے ہو کر آداب بجالاتے ہیں۔

غالبؔ: "حضرات! میں آپ کا نہایت شکر گزار ہوں کہ آپ نے مجھے جنت میں دعوت نامہ بھیجا اور اس مجلس میں مدعو کیا۔ میری مدت سے آرزو تھی کہ دور جدید کے شعرا سے شرف نیاز حاصل کروں۔

ایک شاعر: یہ آپ کی ذرہ نوازی ہے وگرنہ،

وہ آئیں گھر میں ہمارے خدا کی قدرت ہے
کبھی ہم ان کو کبھی اپنے گھر کو دیکھتے ہیں"

غالب: رہنے بھی دیجئے اس بے جا تعریف کو، "من آنم کہ من دانم"

دوسرا شاعر: تشریف رکھئے گا۔ کہیئے جنت میں خوب گذرتی ہے۔ آپ تو فرمایا

کرتے تھے "ہم کو معلوم ہے جنت کی حقیقت لیکن"

غالب: (مسکرا کر) بھئی جنت بھی خوب جگہ ہے۔ جب سے وہاں گیا ہوں، ایک شعر بھی موزوں نہیں کر سکا۔

دوسرا شاعر: تعجب! جنت میں تو آپ کو کافی فراغت ہے اور پھر ہر ایک چیز میسر ہے۔ پینے کو شراب، انتقام لینے کو پری زاد، اور اس پر یہ فکر کوسوں دور کہ،

آپ کا بندہ اور پھروں ننگا

آپ کا نوکر اور کھاؤں ادھار

باوجود اس کے آپ کچھ لکھ۔۔۔

تیسرا شاعر: (بات کاٹ کر) "سنایئے اقبالؔ کا کیا حال ہے؟"

غالب: وہی جو اس دنیا میں تھا۔ دن رات خدا سے لڑنا جھگڑنا۔ وہی پرانی بحث،

مجھے فکر جہاں کیوں ہو جہاں تیرا ہے یا میرا

پہلا شاعر: میرے خیال میں وقت کافی ہو گیا ہے۔ اب مجلس کی کاروائی شروع کرنی چاہیے۔

دوسرا شاعر، میں کرسیٔ صدارت کے لئے جناب م۔ ن۔ ارشد کا نام تجویز کرتا ہوں۔

(ارشد صاحب کرسیٔ صدارت پر بیٹھنے سے پہلے حاضرین مجلس کا شکریہ ادا کرتے ہیں۔)

م۔ ن۔ ارشد: میرے خیال میں ابتدا مرزا غالب کے کلام سے ہونی چاہیے۔۔۔ میں نہایت ادب سے مرزا موصوف سے درخواست کرتا ہوں کہ اپنا کلام پڑھیں۔

غالب: بھئی جب ہمارے سامنے شمع لائی جائے گی تو ہم بھی کچھ پڑھ کر سنا دیں گے۔

م۔ن۔ارشد: معاف کیجئے گا مرزا، اس مجلس میں شمع وغیرہ کسی کے سامنے نہیں جائے گی۔ شمع کی بجائے یہاں پچاس کینڈل پاور کا لیمپ ہے، اس کی روشنی میں ہر ایک شاعر اپنا کلام پڑھے گا۔

غالب: بہت اچھا صاحب تو غزل سنئے گا۔

باقی شعرا: ارشاد۔

غالب: عرض کیا ہے،

خط لکھیں گے گرچہ مطلب کچھ نہ ہو

ہم تو عاشق ہیں تمہارے نام کے

(باقی شعرا ہنستے ہیں۔ مرزا حیران ہو کر ان کی جانب دیکھتے ہیں۔)

غالب: جی صاحب یہ کیا حرکت ہے۔ نہ داد نہ تحسین، اس بے موقع خندہ زنی کا مطلب؟

ایک شاعر: معاف کیجئے مرزا، ہمیں یہ شعر کچھ بے معنی سا معلوم ہوتا ہے۔

غالب: بے معنی؟

ہیرا جی: دیکھئے نا مرزا، آپ فرماتے ہیں "خط لکھیں گے گرچہ مطلب کچھ نہ ہو" اگر مطلب کچھ نہیں تو خط لکھنے کا فائدہ ہی کیا۔ اور اگر آپ صرف معشوق کے نام کے ہی عاشق ہیں تو تین پیسے کا خط برباد کرنا ہی کیا ضرور، سادہ کاغذ پر اس کا نام لکھ لیجئے۔

ڈاکٹر قربان حسین خالص، میرے خیال میں اگر یہ شعر اس طرح لکھا جائے تو زیادہ موزوں ہے،

خط لکھیں گے کیوں کہ چھٹی ہے ہمیں دفتر سے آج

اور چاہے بھیجنا ہم کو پڑے بیرنگ ہی
پھر بھی تم کو خط لکھیں گے ہم ضرور
چاہے مطلب کچھ نہ ہو
جس طرح سے میری اک اک نظم کا
کچھ بھی تو مطلب نہیں
خط لکھیں گے کیوں کہ الفت ہے ہمیں
میرا مطلب ہے محبت ہے ہمیں
یعنی عاشق ہیں تمہارے نام کے

غالب: یہ تو اس طرح معلوم ہوتا ہے، جیسے آپ میرے اس شعر کی ترجمانی کر رہے ہیں۔

بک رہا ہوں جنوں میں کیا کیا کچھ
کچھ نہ سمجھے خدا کرے کوئی

ہیرا جی: جنوں، جنوں کے متعلق مرزا میں نے کچھ عرض کیا ہے اگر اجازت ہو تو کہوں۔

غالب: ہاں، ہاں بڑے شوق سے۔

ہیرا جی:
جنوں ہوا جنوں ہوا
مگر کہاں جنوں ہوا
کہاں ہوا وہ کب ہوا
ابھی ہوا یا اب ہوا

نہیں ہوں میں یہ جانتا

مگر جدید شاعری

میں کہنے کا جو شوق ہے

تو بس یہی ہے وجہ کہ

دماغ میرا چل گیا

یہی سبب ہے جو مجھے

جنوں ہوا جنوں ہوا

غالب: (ہنسی کو روکتے ہوئے) سبحان اللہ کیا برجستہ اشعار ہیں۔

م۔ن۔ ارشد: اب مرزا، غزل کا دوسرا شعر فرمایئے۔

غالب: میں اب مقطع ہی عرض کروں گا، کہا ہے۔

عشق نے غالب نکما کر دیا

ورنہ ہم بھی آدمی تھے کام کے

عبدالحی نگاہ: گستاخی معاف مرزا، اگر اس شعر کا پہلا مصرع اس طرح لکھا جاتا تو ایک بات پیدا ہو جاتی۔

غالب: کس طرح؟

عبدالحی نگاہ،

عشق نے، ہاں ہاں تمہارے عشق نے

عشق نے سمجھے؟ تمہارے عشق نے

مجھ کو نکما کر دیا

اب نہ اٹھ سکتا ہوں میں

اور چل تو سکتا ہی نہیں
جانے کیا بکتا ہوں میں
یعنی نکما کر دیا
اتنا تمہارے عشق نے
گرتا ہوں اور اٹھتا ہوں میں
اٹھتا ہوں اور گرتا ہوں میں
یعنی تمہارے عشق نے
اتنا نکما کر دیا۔

غالب : (طنزاً) بہت خوب۔ بھئی غضب کر دیا۔

غیظ احمد غیظؔ : اور دوسرا مصرع اس طرح لکھا جا سکتا تھا۔

جب تک نہ مجھ کو عشق تھا
تب تک مجھے کچھ ہوش تھا
سب کام کر سکتا تھا میں
اور دل میں میرے جوش تھا
اس وقت تھا میں آدمی
اور آدمی تھا کام کا
لیکن تمہارے عشق نے
مجھ کو نکما کر دیا

غالب : واللہ۔ کمال ہی تو کر دیا، بھئی اب آپ لوگ اپنا کلام سنائیں۔

م۔ن۔ارشد : اب ڈاکٹر قربان حسین خالصؔ، جو جدید شاعری کے امام ہیں اپنا کلام

سنائیں گے۔

ڈاکٹر خالص: اجی ارشد صاحب میں کیا کہوں، اگر میں امام ہوں تو آپ مجتہد ہیں۔ آپ جدید شاعری کی منزل ہیں اور میں سنگ میل اس لئے آپ اپنا کلام پہلے پڑھیئے۔

م۔ن۔ ارشد: توبہ توبہ! اتنی کسر نفسی۔ اچھا اگر آپ مصر ہیں تو میں ہی اپنی نظم پہلے پڑھتا ہوں۔ نظم کا عنوان ہے۔ "بدلہ" عرض کیا ہے۔

آ مری جان مرے پاس انگیٹھی کے قریب
جس کے آغوش میں یوں ناچ رہے ہیں شعلے
جس طرح دور کسی دشت کی پہنائی میں
رقص کرتا ہو کوئی بھوت کہ جس کی آنکھیں
کرم شب تاب کی مانند چمک اٹھتی ہیں۔
ایسی تشبیہہ کی لذت سے مگر دور ہے تو
تو کہ اک اجنبی انجان سی عورت ہے جسے
رقص کرنے کے سوا اور نہیں کچھ آتا

اپنے بے کار خدا کے مانند
دوپہر کو جو کبھی بیٹھے ہوئے دفتر میں
خودکشی کا مجھے یک لخت خیال آتا ہے
میں پکار اٹھتا ہوں یہ جینا بھی ہے کیا جینا
اور چپ چاپ دریچے میں سے پھر جھانکتا ہوں
آ مری جان مرے پاس انگیٹھی کے قریب
تا کہ میں چوم ہی لوں عارض گلفام ترا

اور ارباب وطن کو یہ اشارہ کر دوں
اس طرح لیتا ہے اغیار سے بدلہ شاعر
اور شب عیش گزر جانے پر
بہر جمع درم و دام نکل جاتا ہے
ایک بوڑھے سے تھکے ماندے سے رہوار کے پاس
چھوڑ کر بستر سنجاب و سمور

(نظم سن کر سامعین پر وجد کی حالت طاری ہو جاتی ہے۔ ہیر اجی یہ کہتے ہوئے سنائی دیتے ہیں۔ یہ نظم اس صدی کی بہترین نظم ہے، بلکہ میں تو کہوں گا کہ اگر ایک طرح سے دیکھا جائے تو اس میں انگیٹھی، بھوت اور دفتر، تہذیب و تمدن کی مخصوص الجھنوں کے حامل ہیں۔)

(حاضرین ایک دوسرے کو معنی خیز نظروں سے دیکھتے ہوئے زیر لب مسکراتے ہیں۔)

غالب: ارشد صاحب معاف کیجئے۔ آپ کی یہ نظم کم از کم میرے فہم سے تو بالا تر ہے۔

غیظ احمد غیظ: یہ صرف ارشد پر ہی کیا منحصر ہے، مشرق کی جدید شاعری ایک بڑی حد تک مبہم، اور ادراک سے بالا تر ہے۔

م۔ن۔ ارشد: مثلاً میرے ایک دوست کے اس شعر کو لیجئے۔

پاپوش کی کیا فکر ہے دستار سنبھالو
پایاب ہے جو موج گزر جائے گی سر سے

اب بتائیے اس شعر کا کیا مطلب ہے؟

غالب: (شعر کو دہرا کر) صاحب سچ تو یہ ہے کہ اگرچہ اس شعر میں سر اور پیر کے الفاظ شامل ہیں، مگر باوجود ان کے اس شعر کا نہ سر ہے نہ پیر۔

م۔ن۔ ارشد: اجی چھوڑیئے اس حرف گیری کو۔ آپ اس شعر کو سمجھے ہی نہیں۔ مگر خیر اس بحث میں کیا رکھا ہے۔ کیوں نہ اب ڈاکٹر قربان حسین خالصؔ سے درخواست کی جائے کہ اپنا کلام پڑھیں۔

ڈاکٹر خالصؔ: میری نظم کا عنوان ہے "عشق" عرض کیا ہے۔

عشق کیا ہے؟
میں نے اک عاشق سے پوچھا
اس نے یوں رو کر کہا
عشق اک طوفان ہے
عشق اک سیلاب ہے
عشق ہے اک زلزلہ
شعلۂ جوالہ۔۔۔ عشق
عشق ہے پیغام موت

غالب: بھئی یہ کیا مذاق ہے، نظم پڑھیے۔ مشاعرے میں نثر کا کیا کام؟

ڈاکٹر خالص: (جھنجھلا کر) تو آپ کے خیال میں یہ نثر ہے؟ یہ ہے آپ کی سخن فہمی کا عالم، اور فرمایا تھا آپ نے،

"ہم سخن فہم ہیں غالب کے طرفدار نہیں"

غالب: میری سمجھ میں تو نہیں آیا کہ یہ کس قسم کی نظم ہے نہ ترنم، نہ قافیہ، نہ ردیف۔

ڈاکٹر خالص: مرزا صاحب! یہی تو جدید شاعری کی خصوصیت ہے۔ آپ نے اردو شاعری کو قافیہ اور ردیف کی فولادی زنجیروں میں قید کر رکھا تھا۔ ہم نے اس کے خلاف جہاد کر کے اسے آزاد کیا ہے اور اس طرح اس میں وہ اوصاف پیدا کئے ہیں جو محض خارجی خصوصیات سے کہیں زیادہ اہم ہیں۔ میری مراد رفعت تخیل، تازگئ افکار اور ندرت فکر سے ہے۔

غالب: رفعت تخیل، کیا خوب۔ کیا پرواز ہے،

میں نے اک عاشق سے پوچھا، اس نے یوں رو کر کہا

ڈاکٹر خالص: (چڑ کر) عاشق رو کر نہیں کہے گا تو کیا قہقہہ لگا کر کہے گا؟ مرزا آپ یہ بھی نہیں جانتے کہ عشق اور رونے میں کتنا گہرا تعلق ہے۔

غالب: مگر آپ کو قافیہ اور ردیف ترک کرنے کی ضرورت کیوں پیش آئی۔

رقیق احمد خوگر: اس کی وجہ مغربی شعرا کا تتبع نہیں بلکہ ہماری طبیعت کا فطری میلان ہے، جو زندگی کے دوسرے شعبوں کی طرح شعر و ادب میں بھی آزادی کا جویا ہے۔ اس کے علاوہ دور جدید کی روح انقلاب، کشمکش، تحقیق، تجسس، تعقل پرستی اور جدوجہد ہے۔

ماحول کی اس تبدیلی کا اثر ادب پر ہوا ہے۔ اور میرے اس نکتے کو تھیکرے نے بھی اپنی کتاب وینٹی فیئر میں تسلیم کیا ہے۔ چنانچہ اسی لئے ہم نے محسوس کیا کہ قدیم شاعری ناقص ہونے کے علاوہ روح میں وہ لطیف کیفیت پیدا نہیں کر سکتی، جو مثال کے طور پر ڈاکٹر خالص کی شاعری کا جوہر ہے۔ قدیم شعرا اور جدید شعرا کے ماحول میں زمین و آسمان کا فرق ہے۔ قدیم شعرا بقول مولانا آزاد حسن و عشق کی حدود سے باہر نہ نکل سکے اور ہم جن میدانوں میں گھوڑے دوڑا رہے ہیں نہ ان کی وسعت کی انتہا ہے اور نہ ان کے عجائب و لطائف کا شمار۔

غالب: میں آپ کا مطلب نہیں سمجھا۔

م۔ن۔ ارشد: خوگر صاحب یہ کہنا چاہتے ہیں کہ ہم ایک نئی دنیا میں رہتے ہیں۔ یہ ریڈیو ہوائی جہاز اور دھماکے سے پھٹنے والی بموں کی دنیا ہے۔ یہ بھوک، بیکاری، انقلاب اور آزادی کی دنیا ہے۔ اس دنیا میں رہ کر ہم اپنا وقت حسن و عشق، گل و بلبل، شیریں فرہاد کے افسانوں میں ضائع نہیں کر سکتے۔ شاعری کے لئے اور بھی موضوع سخن ہیں، جیسا کہ ہمارے ایک شاعر نے کہا،

آج تک سرخ سیہ صدیوں کے سائے تلے
آدم و حوا کی اولاد پہ کیا گزری ہے
موت اور زیست کی روزانہ صف آرائی میں
ہم پہ کیا گزرے گی اجداد پہ کیا گزری ہے
یہ حسیں کھیت پھٹا پڑتا ہے جوبن جن کا
یہ ہر اک سمت پر اسرار کڑی دیواریں
یہ بھی ہیں ایسے کئی اور بھی مضموں ہوں گے۔

راجہ عہد علی خاں: بہت خوب، "یہ بھی ہیں ایسے کئی اور بھی مضموں ہوں گے"، ایسے ہی مضامین میں سے ایک مضمون "ڈاک خانہ" ہے جو میری اس نظم کا جو میں ابھی آپ کے سامنے پڑھوں گا، موضوع ہے۔

غالب: ڈاک خانہ؟

راجہ عہد علی خاں: مرزا اس میں حیران ہونے کی کیا بات ہے۔
سنئے عرض کیا ہے۔

ڈاک خانے کے ہے اندر آج اف کتنا ہجوم

ڈالنے کو خط کھڑے ہیں کس قدر اف آدمی
ان میں ہر اک کی تمنا ہے کہ وہ
ڈال کر جلدی سے خط یا پارسل
بھاگ کر دیکھے کہ اس کی سائیکل
ہے پڑی باہر جہاں رکھ کر اسے
ڈاک خانے میں ابھی آیا تھا وہ خط ڈالنے
جا رہے ہیں خط چہار اطراف کو
بمبئی کو، مصر کو، لندن کو، کوہ قاف کو
دیکھنا آئی ہے اک عورت لفافہ ڈالنے
کون کہتا ہے کہ اک عورت ہے یہ
یہ تو لڑکا ہے کسی کالج کا کہ
جس کے بال
خد و خال
اس قدر ملتے ہیں عورت سے کہ ہم
اس کو عورت کا سمجھتے ہیں بدل
اف ہماری لغزشیں
ہے مگر کس شخص کا یہ سب قصور
کیا نظر میری نہیں کرتی ہے کام
جھٹپٹا سا ہو گیا ہے شام کا
یا ہمارے ہے تمدن کا قصور

کہ ہمارے نوجواں
ڈاک خانے میں ہیں جب آتے لفافہ ڈالنے
اس قدر دیتے ہیں وہ دھوکا ہمیں
کہ نظر آتے ہیں ہم کو عورتیں

(زوروں کی داد دی جاتی ہے۔ ہر طرف سے مرحبا، بھئی کمال کر دیا، کے نعرے بلند ہوتے ہیں۔ مرزا غالب کی سراسیمگی ہر لمحہ بڑھتی جا رہی ہے۔)

ن۔ م۔ ارشد: اب میں ہندوستان کے مشہور شاعر پروفیسر غیظ سے درخواست کروں گا کہ وہ اپنے تازہ افکار سے ہمیں نوازیں۔

پروفیسر غیظ: میں نے تو کوئی نئی چیز نہیں لکھی۔

ہیرا جی: تو پھر وہی نظم سنا دیجئے جو پچھلے دنوں ریڈیو والوں نے آپ سے لکھوائی تھی۔

پروفیسر غیظ: آپ کی مرضی، تو وہی سن لیجئے۔ عنوان ہے "لگائی۔"

فون پھر آیا دل زار! نہیں فون نہیں
سائیکل ہو گا، کہیں اور چلا جائے گا
ڈھل چکی رات اترنے لگا کھمبوں کا بخار
کمپنی باغ میں لنگڑانے لگے سر دچراغ
تھک گیا رات کو چلا کے ہر اک چوکیدار
گل کرو دامن افسردہ کے بوسیدہ داغ
یاد آتا ہے مجھے سرمۂ دنبالہ دار
اپنے بے خواب گھر وندے ہی کو واپس لوٹو

اب یہاں کوئی نہیں کوئی نہیں آئے گا

(نظم کے دوران میں اکثر مصرعے دو دو بلکہ چار چار بار پڑھوائے جاتے ہیں اور پروفیسر غیظ بار بار مرزا غالب کی طرف داد طلب نگاہوں سے دیکھتے ہیں۔ مرزا غالب مبہوت ہیں۔)

م۔ن۔ ارشد: حضرات میرے خیال میں یہ کوئی عشقیہ نظم نہیں ہے، بلکہ اس میں شاعر نے ملک کے اینٹی فاشسٹ جذبے کو خوب نبھایا ہے۔

رفیق احمد: (سرگوشی کے انداز میں ہیراجی سے) بکواس ہے۔

م۔ن ارشد: اب ہیراجی اپنا کلام پڑھیں گے۔

ہیراجی: میری نظم کا عنوان ہے۔ "بینگن"

غالب: بینگن؟

ہیراجی: بینگن۔ اگر آپ آم کی صفت میں قصیدہ لکھ سکتے ہیں تو کیا بندہ بینگن پر نظم لکھنے کا حقدار نہیں۔

غالب: معاف کیجئے گا، نظم پڑھیے۔

ہیراجی: عرض کیا ہے،

چنچل بینگن کی چھب نیاری

رنگ میں تم ہو کرشن مراری

جان گئی ہیں سکھیاں پیاری

رادھارانی آہی گئی تو۔۔۔

کرشن کنھیا ڈھونڈھ رہے ہیں

لیکن میں تو بھول چکا ہوں

بینگن سے یہ بات چلی تھی
بھوک لگی ہے کتنی ہائے
جی میں ہے اک بھون کے بینگن
کھاؤ لیکن رادھا پیاری
رنگ کو اس کے دیکھ کے مجھ کو
یاد آتے ہیں کرشن مراری
اس لئے بھوکا رہنا بہتر۔۔۔
چونکہ میں ہوں پریم پجاری

(ہر طرف سے داد دی جاتی ہے، بعض شعرا یہ کہتے ہوئے سنے جاتے ہیں۔ بھئی جدید شاعری ہیر اجی کا ہی حصہ ہے۔)

م۔ن۔ارشد: اب جناب بکرماجیت صاحب ورما سے استدعا کی جاتی ہے کہ اپنا کلام سنائیں۔

بکرماجیت ورما: میں نے حسب معمول کچھ گیت لکھے ہیں۔

غالب: (حیران ہو کر) شاعر اب گیت لکھ رہے ہیں۔ میرے اللہ دنیا کدھر جا رہی ہے۔

بکرماجیت ورما: مرزا، آپ کے زمانے میں گیت شاعری کی ایک باقاعدہ صنف قرار نہیں دیئے گئے تھے، دور جدید کے شعرا نے انھیں ایک قابل عزت صنف کا درجہ دیا ہے۔

غالب: جی ہاں، ہمارے زمانے میں عورتیں، بھانڈ، میراثی یا اس قماش کے لوگ گیت لکھا کرتے تھے۔

بکرماجیت: پہلا گیت ہے "برہن کا سندیس"، عرض کیا ہے،

اڑ جا دیس بدیس رے کوے اڑ جا دیس بدیس

سن کر تیری کائیں کائیں

غالب: خوب، سن کر تیری کائیں کائیں

بکرماجیت ورما: عرض کیا ہے،

سن کر تیری کائیں کائیں

آنکھوں میں آنسو بھر آئیں

بول یہ تیرے من کو بھائیں

مت جانا پردیس رے کوے اڑ جا دیس بدیس

م۔ن ارشد: بھئی کیا اچھوتا خیال ہے۔ پنڈت صاحب میرے خیال میں ایک گیت آپ نے کبوتر پر بھی لکھا تھا، وہ بھی مرزا کو سنا دیجئے۔

بکرماجیت، سنئے پہلا بند ہے۔

بول کبوتر بول

دیکھ کوئلیا کوک رہی ہے

من میں میرے ہوک اٹھی ہے

کیا تجھ کو بھی بھوک لگی ہے

بول غٹر غوں بول کبوتر

بول کبوتر بول

باقی شعرا: (یک زبان ہو کر) بول کبوتر۔ بول کبوتر۔ بول کبوتر۔ بول۔

(اس اثنا میں مرزا غالب نہایت گھبراہٹ اور سراسیمگی کی حالت میں دروازے کی

طرف دیکھتے ہیں۔)

بکرماجیت ورما: اب دوسرا بند سنئے،

بول کبوتر بول

کیا میرا ساجن کہتا ہے

کیوں مجھ سے روٹھا رہتا ہے

کیوں میرے طعنے سہتا ہے

بھید یہ سارے کھول کبوتر

بول کبوتر بول!

باقی شعرا: (یک زبان ہو کر) بول کبوتر۔ بول کبوتر۔ بول کبوتر۔ بول۔

(اس شور و غل کی تاب نہ لا کر مرزا غالب بھاگ کر کمرے سے باہر نکل جاتے ہیں۔)

***

غالب کے دو سوال

آخر اس درد کی دوا کیا ہے

ایک دن مرزا غالب نے مومن خاں مومن سے پوچھا، "حکیم صاحب! آخر اس درد کی دوا کیا ہے؟" مومن نے جواب میں کہا، "مرزا صاحب! اگر درد سے آپ کا مطلب داڑھ کا درد ہے، تو اسکی کوئی دوا نہیں، بہتر ہو گا آپ داڑھ نکلوا دیجئے کیونکہ ولیم شیکسپیر نے کہا ہے"، "وہ فلسفی ابھی پیدا نہیں ہوا جو داڑھ کا درد برداشت کر سکے۔"

مرزا غالب نے حکیم صاحب کی سادہ لوحی سے لطف اندوز ہوتے ہوئے فرمایا، "میری مراد داڑھ کے درد سے نہیں، آپ کی دعا سے ابھی میری تمام داڑھیں کافی مضبوط ہیں۔"

"تو پھر شاید آپ کا اشارہ درد سر کی طرف ہے، دیکھئے مرزا صاحب! حکما نے درد سر کی درجنوں قسمیں گنوائی ہیں۔ مثلاً آدھے سر کا درد، سر کے پچھلے حصے کا درد، سر کے اگلے حصے کا درد، سر کے درمیانی حصے کا درد، ان میں ہر درد کے لئے ایک خاص بیماری ذمہ دار ہوتی ہے، مثلاً اگر آپ کے سر کے درمیانی حصہ میں درد ہوتا ہے تو ممکن ہے آپ کے دماغ میں رسولی ہو۔ اگر کنپٹیوں پر ہوتا ہے تو ہو سکتا ہے آپ کی بینائی کمزور ہو گئی ہو۔ در اصل درد سر کو مرض نہیں مرض کی علامت سمجھا جاتا ہے۔"

"بہر حال چاہے یہ مرض ہے یا مرض کی علامت، مجھے درد کی شکایت نہیں ہے۔"

"پھر آپ ضرور درد جگر میں مبتلا ہو گئے ہیں، آپ نے اپنے کچھ اشعار میں اس کی طرف اشارہ بھی کیا ہے۔
مثلاً؛
یہ خلش کہاں ہوتی جو جگر کے پار ہوتا
یا
حیراں ہوں روؤں دل کو یا پیٹوں جگر کو میں"
مرزا صاحب، حکما نے اس مرض کے لئے "پپیتا" کو اکسیر قرار دیا ہے۔ کسی تک بند نے کیا خوب کہا ہے،
جگر کے فعل سے انساں ہے جیتا
اگر ضعف جگر ہے کھا پپیتا
"آپ کا یہ قیاس بھی غلط ہے۔ میرا آج تک اس مرض سے واسطے نہیں پڑا۔"
"تو پھر آپ اس شاعرانہ مرض کے شکار ہو گئے ہیں جسے درد دل کہا جاتا ہے اور جس میں ہونے کے بعد میر کو کہنا پڑا تھا،
الٹی ہو گئیں سب تدبیریں، کچھ نہ دوا نے کام کیا
دیکھا اس بیماری دل نے آخر کام تمام کیا
"معلوم ہوتا ہے اس ڈومنی نے جس پر مرنے کا آپ نے اپنے ایک خط میں ذکر کیا ہے آپ کو کہیں کا نہیں رکھا۔"
"واہ حکیم صاحب! آپ بھی دوسروں کی طرح میری باتوں میں آ گئے۔ اجی قبلہ کیسی ڈومنی اور کہاں کی ڈومنی وہ تو میں نے یونہی مذاق کیا تھا۔ کیا آپ واقعی مجھے اتنا سادہ لوح سمجھتے ہیں کہ مغل زادہ ہو کر میں ایک ڈومنی کی محبت کا دم بھرو نگا۔ دلی میں مغل

زادیوں کی کمی نہیں۔ ایک سے ایک حسین و جمیل ہے۔ انہیں چھوڑ کر ڈومنی کی طرف رجوع کرنا بالکل ایسا ہے جیسا کہ آپ نے اپنے شعر میں بیان کیا ہے؛

اللہ رے گمرہی! بت و بت خانہ چھوڑ کر
مومن چلا ہے کعبہ کو اک پارسا کے ساتھ

"خدانخواستہ کہیں آپ کو جوڑوں کا درد تو نہیں۔ دائمی زکام کی طرح یہ مرض بھی اتنا ڈھیٹ ہے کہ مریض کی ساری عمر جان نہیں چھوڑتا، بلکہ کچھ مریض تو مرنے کے بعد بھی قبر میں اس کی شکایت کرتے سنے گئے ہیں۔ عموماً یہ مرض جس میں تیزابی مادہ کے زیادہ ہو جانے سے ہوتا ہے۔"

"تیزابی مادہ کو ختم کرنے کے لئے ہی تو میں ہر روز تیزاب یعنی شراب پیتا ہوں۔ ہومیو پیتھی کا اصول ہے کہ زہر کا علاج زہر سے کیا جانا چاہئے۔ خدا جانے یہ سچ ہے یا جھوٹ، لیکن یہ حقیقت ہے کہ شراب نے مجھے اب تک جوڑوں کے درد سے محفوظ رکھا ہے۔"

"پھر آپ یقیناً درد گردہ میں مبتلا ہیں۔ یہ درد اتنا ظالم ہوتا ہے کہ مریض تڑپ تڑپ کر بے حال ہو جاتا ہے۔"

"میرے گردے ابھی تک سلامت ہیں شاید اس لئے کہ میں بڑے دل گردے کا انسان ہوں۔"

"اگر یہ بات ہے تو پھر آپ کو محض وہم ہو گیا ہے کہ آپ کو درد کی شکایت ہے اور وہم کی دوا نہ لقمان حکیم کے پاس تھی نہ حکیم مومن خاں مومنؔ کے پاس ہے۔"

"قبلہ میں اس درد کا ذکر کر رہا ہوں جسے عرف عام میں "زندگی" کہتے ہیں۔"

"اچھا، زندگی! اس کا علاج تو بڑا آسان ہے، ابھی عرض کئے دیتا ہوں۔"

"ارشاد۔"

"کسی شخص کو بچھو نے کاٹ کھایا۔ درد سے بلبلاتے ہوئے اس نے ایک بزرگ سے پوچھا، اس درد کا بھی کوئی علاج ہے، بزرگ نے فرمایا،"ہاں ہے اور یہ کہ تین دن چیختے اور چلاتے رہو۔ چوتھے دن درد خود بخود کافور ہو جائے گا۔"

"سبحان اللہ! حکیم صاحب آپ نے تو گویا میرے شعر کی تفسیر کر دی۔"

"کون سے شعر کی قبلہ ؟"

"اس شعر کی قبلہ،

غم ہستی کا اسد کس سے ہو جز مرگ علاج

شمع ہر رنگ میں جلتی ہے سحر ہونے تک

نیند کیوں رات بھر۔۔۔

ایک مرتبہ مرزا غالب نے شیخ ابراہیم ذوقؔ سے کہا،"شیخ صاحب! نیند کیوں رات بھر نہیں آتی ؟"ذوق نے مسکرا کر فرمایا، ظاہر ہے جس کمرے میں آپ سوتے ہیں، وہاں اتنے مچھر ہیں کہ وہ رات بھر آپ کو کاٹتے رہتے ہیں۔ اس حالت میں نیند آئے بھی تو کیسے ؟

معلوم ہوتا ہے یا توپ کے پاس مسہری نہیں اور اگر ہے تو اتنی بوسیدہ کہ اس میں مچھر اندر گھس آتے ہیں۔ میری مانئے تو آج ایک نئی مسہری خرید لیجئے۔"

غالب نے ذوقؔ کی ذہانت میں حسب معمول اعتماد نہ رکھتے ہوئے جواب دیا،"دیکھئے صاحب! آخر ہم مغل زادے ہیں، اب اتنے گئے گزرے بھی نہیں کہ ہمارے پاس ایک ثابت و سالم مسہری بھی نہ ہو اور جہاں تک کمرے میں مچھروں کے ہونے کا سوال ہے۔ ہم دعویٰ سے کہ سکتے ہیں، جب سے ڈی ڈی ٹی چھڑکوائی ہے ایک مچھر بھی نظر نہیں آتا۔

بلکہ اب تو مچھروں کی گنگناہٹ سننے کے لئے ہمسائے کے ہاں جانا پڑتا ہے۔"
"تو پھر آپ کے پلنگ میں کھٹمل ہوں گے۔"
"کھٹملوں کے مارنے کے لئے ہم پلنگ پر گرم پانی انڈیلتے ہیں، بستر پر کھٹمل پاؤڈر چھڑکتے ہیں۔ اگر پھر بھی کوئی کھٹمل بچ جائے تو وہ ہمیں اس لئے نہیں کاٹتا ہے کہ ہمارے جسم میں اب لہو کتنارہ گیا ہے۔ خدا جانے پھر نیند کیوں نہیں آتی۔"
"معلوم ہوتا ہے آپ کے دماغ میں کوئی الجھن ہے۔"
"بظاہر کوئی الجھن نظر نہیں آتی۔ آپ ہی کہئے بھلا مجھے کون سی الجھن ہو سکتی ہے۔" "گستاخی معاف! سنا ہے آپ ایک ڈومنی پر مرتے ہیں، اور آپ کو ہماری بھابی اس لئے پسند نہیں کیونکہ اسے آپ کے طور طریقے ناپسند ہیں۔ ممکن ہے آپ کے تحت الشعور میں یہ مسئلہ چٹکیاں لیتا رہتا ہو۔" "آیا امراؤ بیگم کو طلاق دی جائے یا ڈومنی سے قطع تعلق کر لیا جائے۔"
"واللہ! شیخ صاحب آپ کو بڑی دور کی سوجھی! ڈومنی سے ہمیں ایک شاعرانہ قسم کا لگاؤ ضرور ہے لیکن جہاں تک حسن کا تعلق ہے وہ امراؤ بیگم کی گرد کو نہیں پہنچتی۔"
"تو پھر یہ بات ہو سکتی ہے آپ محکمہ انکم ٹیکس سے اپنی اصلی آمدنی چھپا رہے ہیں اور آپ کو یہ فکر کھائے جاتا ہے۔ کسی دن آپ کے گھر چھاپہ پڑ گیا تو ان اشرفیوں کا کیا ہو گا جو آپ نے زمین میں دفن کر رکھی ہیں اور جن کا پتہ ایک خاص قسم کے آلہ سے لگایا جا سکتا ہے۔"
"اجی شیخ صاحب! کیسی اشرفیاں! یہاں زہر کھانے کو پیسہ نہیں شراب تو قرض کی پیتے ہیں اور اسی خود فریبی میں مبتلا رہتے ہیں کہ ہماری فاقہ کشی رنگ لائے گی۔ اگر ہمارے گھر چھاپہ پڑا تو شراب کی خالی بوتلوں اور آم کی گٹھلیوں کے علاوہ کوئی چیز نہیں

ملے گی۔"

"اچھا وہ جو آپ کبھی کبھی اپنے گھر کو ایک اچھے خاصے قمار خانہ میں تبدیل کر دیتے ہیں، اس کے متعلق کیا خیال ہے۔"

"واہ شیخ صاحب! آپ عجیب باتیں کرتے ہیں، تھوڑا بہت جوا تو ہر مہذب شخص کھیلتا ہی ہے اور پھر ہر کلب میں بڑے بڑے لوگ ہر شام کو "برج" وغیرہ کھیلتے ہیں۔ جوا آخر جوا ہے چاہے وہ گھر پر کھیلا جائے یا کلب میں۔"

"اگر یہ بات نہیں تو پھر آپ کو کسی سے حسد ہے۔ آپ ساری رات حسد کی آگ میں جلتے رہتے ہیں اور میر کے اس شعر کو گنگناتے ہیں؛

اندوہ سے ہوئی نہ رہائی تمام شب

مجھ دل زدہ کو نیند نہ آئی تمام شب"

"بخدا شیخ صاحب! ہم کسی شاعر کو اپنا مد مقابل ہی نہیں سمجھتے کہ اس سے حسد کریں۔ معاف کیجئے، آپ حالانکہ استاد شاہ ہیں۔ لیکن ہم نے آپ کے متعلق بھی کہا تھا۔ ذوق کی شاعری بانگ دہل ہے اور ہماری نغمۂ چنگ۔"

"مرزا صاحب! یہ تو صریحاً زیادتی ہے۔ میں نے ایسے شعر بھی کہے ہیں جن پر آپ کو بھی سر دھننا پڑا ہے۔"

"لیکن ایسے اشعار کی تعداد آٹے میں نمک کے برابر ہے۔"

"یہ ہے آپ کی سخن فہمی کا عالم اور کہا تھا آپ نے،

ہم سخن فہم ہیں غالب طرفدار نہیں"

"اگر ہم سخن فہم نہ ہوتے تو آپ کے کلام پر صحیح تبصرہ نہ کر سکتے۔ خیر چھوڑیئے بات تو نیند نہ آنے کی ہو رہی تھی۔"

"کسی ڈاکٹر سے اپنا بلڈ پریشر چیک کرائیے۔ ہو سکتا ہے وہ بڑھ گیا ہو۔"

"قبلہ! جب بدن میں بلڈ ہی نہیں رہا تو پریشر کے ہونے یا بڑھنے کا سوال ہی پیدا نہیں ہوتا۔"

"پھر ہر رات سونے سے پہلے کسی ایسی گولی کا سہارا لیجئے جس کے کھانے سے نیند آ جائے۔ آج کل بازار میں ایسی گولیاں عام بک رہی ہیں۔"

"انہیں بھی استعمال کر چکے ہیں۔ نیند تو انہیں کھا کر کیا آتی البتہ بے چینی اور بھی بڑھ گئی۔ اس لئے انہیں ترک کرنے میں ہی عافیت سمجھی۔"

"کسی ماہر نفسیات سے مشورہ کیجئے شاید وہ کچھ۔"

"وہ بھی کر چکے ہیں۔"

"تو کیا تشخیص کی اس نے؟"

"کہنے لگا، آپ کے تحت الشعور میں کسی ڈرنے مستقبل طور پر ڈیرا ڈال رکھا ہے۔ اس سے نجات حاصل کیجئے۔ آپ کو نیند آنے لگے گی۔"

"یہ تو بڑا آسان ہے، آپ اس ڈر سے نجات حاصل کیوں نہیں کر لیتے۔"

"لیکن ہمیں پتہ بھی تو چلے وہ کون سا ڈر ہے۔"

"اسی سے پوچھ لیا ہوتا۔"

"پوچھا تھا۔ اس نے جواب دیا، اس ڈر کا پتہ مریض کے سوا کوئی نہیں لگا سکتا۔"

"کسی لائق ایلوپیتھک ڈاکٹر سے ملئے، شاید وہ۔۔۔"

"اس سے بھی مل چکے ہیں۔ خون، پیشاب، تھوک، پھیپھڑے، دل اور آنکھیں ٹیسٹ کرنے کے بعد کہنے لگا، ان میں تو کوئی نقص نہیں معلوم ہوتا ہے۔ آپ کو نیند سے الرجی ہو گئی ہے۔"

"علاج کیا بتایا؟"
"کوئی علاج نہیں بتایا۔ دلیل یہ دی کہ الرجی ایک لا علاج مرض ہے۔"
"آپ اگر اجازت دیں تو خاکسار جو کہ نہ حکیم ہے نہ ڈاکٹر بلکہ محض ایک شاعر آپ کے مرض کا علاج کر سکتا ہے۔"
"ضرور کیجئے۔"
"دیکھئے! اگر آپ کو نیند رات بھر نہیں آتی تو آپ رات کے بجائے دن میں سویا کیجئے۔ یعنی رات کو دن اور دن کو رات سمجھا کیجئے۔"
"سبحان اللہ! کیا نکتہ پیدا کیا ہے۔ تعجب ہے ہمیں یہ آج تک کیوں نہیں سوجھا۔"
"سوجھتا کیسے"، آپ تو اس وہم میں مبتلا ہیں؛

آج مجھ سا نہیں زمانے میں
شاعر نغز گوئے خوش گفتار

"شیخ صاحب آپ نے خوب یاد دلایا۔ بخدا ہمارا یہ دعویٰ تعلی نہیں حقیقت پر مبنی ہے۔"
"چلئے یوں ہی سہی۔ جب تک آپ استاد شاہ نہیں ہیں مجھے آپ سے کوئی خطرہ نہیں۔"
"یہ اعزاز آپ کو ہی مبارک ہو۔ ہمیں تو پینے کو "اولڈ ٹام" اور کھانے کو "آم" ملتے رہیں۔ ہم خدا کا شکر بجا لائیں گے۔"
دراصل شراب پی پی کر آپ نے اپنا اعصابی نظام اتنا کمزور کر لیا ہے کہ آپ کو بے خوابی کی شکایت لاحق ہو گئی۔ اس پر ستم یہ کہ توبہ کرنے کی بجائے آپ فخر سے کہا کرتے ہیں۔" ہر شب پیا ہی کرتے ہیں، مے جس قدر ملے۔"

"بس بس شیخ صاحب رہنے دیجئے، ورنہ مجھے آپ کو چپ کرانے کے لئے آپ کا ہی شعر پڑھنا پڑے گا۔"

"کون سا شعر قبلہ؟"

"رند خراب حال کو زاہد نہ چھیڑ تو
تجھ کو پرائی کیا پڑی اپنی نبیڑ تو"

٭ ٭ ٭

ایک شعر یاد آیا

بات اس دن یہ ہوئی کہ ہمارا بٹوا گم ہو گیا۔ پریشانی کے عالم میں گھر لوٹ رہے تھے کہ راستے میں آغا صاحب سے ملاقات ہوئی۔ انہوں نے کہا، "کچھ کھوئے کھوئے سے نظر آتے ہو۔"

"بٹوا کھو گیا ہے۔"

"بس اتنی سی بات سے گھبرا گئے، لو ایک شعر سنو۔"

"شعر سننے اور سنانے کا یہ کون سا موقع ہے۔"

"غم غلط ہو جائے گا۔ ذوق کا شعر ہے"، فرماتے ہیں،

تو ہی جب پہلو سے اپنے دل ربا جاتا رہا
دل کا پھر کہنا تھا کیا، کیا جاتا رہا، جاتا رہا

"کہئے پسند آیا؟"

"دل ربا نہیں پہلو سے بٹوا جاتا رہا ہے"، ہم نے نیا پہلو نکالا۔

پہلو کے مضمون پر امیر مینائی کا شعر بے نظیر ہے،

کباب سیخ ہیں ہم کروٹیں سو بدلتے ہیں
جو جل اٹھتا ہے یہ پہلو تو وہ پہلو بدلتے ہیں

ہم نے جھلا کر کہا، "توبہ توبہ! آغا صاحب آپ تو بات بات پر شعر سناتے ہیں۔" کہنے

لگے، "چلتے چلتے ایک شعر 'توبہ' پر بھی سن لیجئے"،

توبہ کر کے آج پھر پی لی ریاض
کیا کیا کم بخت تو نے کیا کیا

"اچھا صاحب اجازت دیجئے۔ پھر کبھی ملاقات ہو گی۔"

"ملاقات! ملاقات پر وہ شعر آپ نے سنا ہو گا"،

نگاہوں میں ہر بات ہوتی رہی
ادھوری ملاقات ہوتی رہی

"اچھا شعر ہے لیکن داغ نے جس انداز سے "ملاقاتوں" کو باندھا ہے اس کی داد نہیں دی جا سکتی"،

راہ پر ان کو لگا لائے تو ہیں باتوں میں
اور کھل جائیں گے دو چار ملاقاتوں میں

"بہت خوب۔ اچھا آداب عرض۔"

"آداب عرض۔"

بڑی مشکل سے آغا صاحب سے جان چھڑائی۔ آغا صاحب انسان نہیں اشعار کی چلتی پھرتی بیاض ہیں۔ آج سے چند برس پہلے مشاعروں میں شرکت کیا کرتے تھے اور ہر مشاعرے میں ان کا استقبال اس قسم کے نعروں سے کیا جاتا تھا "بیٹھ جایئے"، "تشریف رکھئے"، "اجی قبلہ مقطع پڑھئے"، "اسٹیج سے نیچے اتر جایئے"، اب وہ مشاعروں میں نہیں جاتے۔ کلب میں تشریف لاتے ہیں اور مشاعروں میں اٹھائی گئی ندامت کا انتقام کلب کے ممبروں سے لیتے ہیں۔ ادھر آپ نے کسی بات کا ذکر کیا۔ ادھر آغا صاحب کو چابی لگ گئی۔ کسی ممبر نے یونہی کہا، "ہمارے سکریٹری صاحب نہایت شریف آدمی ہیں"۔ آغا

صاحب نے چونک کر فرمایا۔ جگر مرادآبادی نے کیا خوب کہا ہے،

آدمی آدمی سے ملتا ہے
دل مگر کم کسی سے ملتا ہے

لیکن صاحب کیا بات ہے نظیر اکبر آبادی کی۔ آدمی کے موضوع پر ان کی نظم حرف آخر کا درجہ رکھتی ہے۔ ایک بند ملاحظہ فرمایئے،

دنیا میں بادشاہ ہے سو ہے وہ بھی آدمی
اور مفلس و گدا ہے سو ہے وہ بھی آدمی
زردار بے نوا ہے سو ہے وہ بھی آدمی
نعمت جو کھا رہا ہے سو ہے وہ بھی آدمی
ٹکڑے چبا رہا ہے سو ہے وہ بھی آدمی

کسی نے تنگ آکر گفتگو کا رخ بدلنے کے لئے کہا، "آج ورما صاحب کا خط آیا ہے ،لکھتے ہیں کہ۔۔۔"

آغا صاحب ان کی بات کاٹتے ہوئے بولے، "قطع کلام معاف! کبھی آپ نے غور فرمایا کہ خط کے موضوع پر شعرا نے کتنے مختلف زاویوں سے طبع آزمائی کی ہے وہ عامیانہ شعر تو آپ نے سنا ہوگا"،

خط کبوتر کس طرح لے جائے بام یار پر
پر کترنے کو لگی ہیں قینچیاں دیوار پر

اور پھر وہ شعر جس میں خود فریبی کو نقطہ عروج تک پہنچایا گیا ہے،

کیا کیا فریب دل کو دیئے اضطراب میں
ان کی طرف سے آپ لکھے خط جواب میں

واللہ جواب نہیں اس شعر کا۔ اب ذرا اس شعر کا بانکپن ملاحظہ فرمائیے،

ہیں بھی نامہ بر کے ساتھ جانا تھا، بہت چوکے
نہ سمجھے ہم کہ ایسا کام تنہا ہو نہیں سکتا

اور پھر جناب یہ شعر تو موتیوں میں تولنے کے قابل ہے۔۔۔ وہ شعر ہے، شعر ہے کم بخت پھر حافظے سے اتر گیا۔ ہاں، یاد آگیا، لفافے میں ٹکڑے میرے خط کے ہیں۔۔۔

اتنے میں یک لخت بجلی غائب ہوگئی۔ سب لوگ اس موقع کو غنیمت سمجھتے ہوئے کلب سے کھسک گئے۔

ایک دن ہماری آنکھیں آگئیں۔ کالج سے دو دن کی چھٹی لی۔ آغا صاحب کو پتہ چلا، حال پوچھنے آئے۔ فرمانے لگے، "بادام کا استعمال کیا کیجئے۔ نہ صرف آپ آنکھوں کی بیماریوں سے محفوظ رہیں گے بلکہ آنکھوں کی خوبصورت میں بھی اضافہ ہوگا۔" دو ایک منٹ چپ رہنے کے بعد ہم سے پوچھا، "آپ نے آنکھوں سے متعلق وہ شعر سنا جسے سن کر سامعین وجد میں آگئے تھے۔ میرا خیال ہے نہیں سنا۔" وہ شعر تھا،

جس طرف اٹھ گئی ہیں آہیں ہیں
چشم بد دور کیا نگاہیں ہیں

نہایت عمدہ شعر ہے لیکن پھر بھی سودا کے شعر سے ٹکر نہیں لے سکتا۔

کیفیت چشم اس کی مجھے یاد ہے سودا
ساغر کو مرے ہاتھ سے لینا کہ چلا میں

اسی موضوع پر عدم کا شعر بھی خاصا اچھا ہے۔

اک حسین آنکھ کے اشارے پر
قافلے راہ بھول جاتے ہیں

عدم کے بعد انہوں نے جگرؔ، فراقؔ، جوشؔ، اقبالؔ، حسرتؔ، فانیؔ کے در جنوں اشعار سنائے۔ انہیں سن کر کئی بار اپنی آنکھوں کو کوسنے کو جی چاہا کہ نہ کم بخت آتیں اور نہ یہ مصیبت نازل ہوتی۔ رات کے بارہ بج گئے لیکن آغا صاحب کا ذخیرہ ختم ہونے میں نہیں آتا تھا۔ آخر تنگ آ کر ہم نے کہا،" آغا صاحب! آپ نے اتنے اشعار سنائے۔ دو شعر ہم سے بھی سن لیجئے"،

"ارشاد،" آغا صاحب نے بے دلی سے کہا۔

"ایسے لوگوں سے تو اللہ بچائے سب کو
جن سے بھاگے نہ بنے جن کو بھگائے نہ بنے
جس سے اک بار چمٹ جائیں تو مر کے چھوٹیں
وہ پلستر ہیں کہ دامن سے چھڑائے نہ بنے"

آغا صاحب نے مسکرا کر فرمایا،"حالانکہ آپ کا روئے سخن ہماری طرف نہیں ہے، پھر بھی آداب عرض۔"

٭ ٭ ٭

مرزا جگنو

مرزا جگنو کی کمزوری شراب ہے نہ عورت بلکہ پان، آپ پان کچھ اس کثرت سے کھاتے ہیں جیسے جھوٹا آدمی قسمیں یا کام چور نوکر گالیاں۔ خیر اگر پان کھا کر خاموش رہیں تو کوئی مضائقہ نہیں اپنا اپنا شوق ہے، کسی کو غم کھانے میں لطف آتا ہے۔ کسی کو مار کھانے میں اور کسی کو پان کھانے میں۔ لیکن مصیبت یہ ہے کہ مرزا پان کھاتے ہی نہیں۔ دن رات اس کے گن بھی گاتے ہیں۔ انہوں نے مشہور ضرب المثل "جس کا کھائے اسی کا گائے" میں یہ ترمیم کی ہے" جسے کھائے اسی کا گائے" جو شخص پان نہیں کھاتا وہ ان کی نگاہ میں اول درجے کا کور ذوق ہے۔ اکثر فرمایا کرتے ہیں، "پان کھائے بغیر تحریر و تقریر میں رنگینی پیدا کرنے کی کوشش گلال کے بغیر ہولی کھیلنے کے مترادف ہے۔"

مرزا صاحب یو پی سے پنجاب میں آئے ہیں۔ اس لئے انہیں بنارسی اور لکھنوی پانوں کی یاد ہر وقت ستاتی رہتی ہے۔ لکھنؤ کے پستئی پانوں کا ذکر کرتے وقت اکثر ان کی آنکھوں میں آنسو تیرنے لگتے ہیں۔ "اجی صاحب! کیا بات تھی پستئی پانوں کی۔ واللہ! تلے اوپر چار گلوریاں کھایئے چودہ طبق روشن ہو جائیں اور اب یہاں وہ پان زہر مار کرنا پڑ رہا ہے جسے پان کے بجائے ڈھاک کا پتہ کہنا زیادہ موزوں ہو گا۔ اس پر ستم یہ کہ یہاں قریب قریب ہر شخص تنبولی سے خرید کر کھاتا ہے۔ غضب خدا کا! بڑے بڑے رئیس کے ہاں چلے جایئے میز پر مٹھائیوں اور لسی کے بڑے بڑے گلاسوں کا انبار لگا دے گا لیکن پان

کی فرمائش کیجئے تو بغلیں جھانکنے لگے گا۔ یا خفت مٹانے کے لئے نوکر سے کہے گا "اوے بھٹی چو کے لال! مرزا صاحب کے لئے پان خریدنا تو یاد ہی نہیں رہا۔ ذرا لپک کر ماتا دین پنواڑی سے ایک پان تو لے آؤ۔" اور پھر یک لخت معصوم سا بن کر آپ سے ایک ایسا سوال کرے گا، جسے سن کر آپ کا جی سر پیٹنے کو چاہے گا۔ "کیوں صاحب! میٹھا کھائیں گے یا الائچی سپاری والا؟" لاحول ولا قوۃ! پانوں کی بڑی بڑی قسمیں سننے میں آئیں لیکن یہ بات آج تک سمجھ میں نہیں آئی کہ یہ میٹھا پان کیا بلا ہوتی ہے۔ بارہ مسالے کو ایک فضول سے سبز پتے میں کچھ اس طرح لپیٹ دیتے ہیں کہ اس پر جوشاندے کی پڑیا کا گمان ہوتا ہے۔ اسے یہ حضرات میٹھا پان کہتے ہیں۔ صاحب حد ہو گئی ستم ظریفی کی، اس سے تو بہتر ہو گا کہ پان کی بجائے آدمی دو تولے گڑ یا شکر پھانک لیا کرے۔"

مرزا جگنو پان کے اس قدر عاشق ہیں جس وقت دیکھو یا پان کھا رہے ہوں گے یا پان کی شان میں قصیدہ تصنیف کر رہے ہوں گے۔ ہمارا تو خیال ہے کہ زبان کے علاوہ جو چیز ہمیشہ ان کے بتیس دانتوں میں رہتی ہے وہ پان یا ذکر پان ہی ہے۔ یہ کھانے کے بغیر زندہ رہ سکتے ہیں، چائے نہ ملے تو کوئی بات نہیں لیکن پان کے بغیر ماہی بے آب کی مانند تڑپنے لگتے ہیں۔ ایک بار ہم نے ڈرتے ڈرتے کہا، "مرزا صاحب پان کھا کھا کر آپ نے دانتوں کا ستیاناس کر لیا ہے۔ آپ کے منہ میں اب دانت نہیں گویا کسی گلے سڑے انار کے دانے ہیں۔ خدا کے لئے اب تو پان کھانا چھوڑ دیجئے۔" مرزا صاحب نے پیک کی پچکاری ہماری سفید پتلون پر چھوڑتے ہوئے جواب دیا، "کیا کہا، پان کھانا چھوڑ دوں؟ یہ کیوں نہیں کہتے خودکشی کر لوں۔ اجی حضرت، پان ہے تو جہان ہے پیارے۔ آپ کے سر عزیز کی قسم ہم تو جنت میں بھی قیام کرنے سے انکار کر دیں گے اگر وہاں پان سے محروم ہونا پڑا۔ آپ کو معلوم ہے کہ والد ماجد ہمیں ولایت بھیجنے پر مصر تھے۔ فرماتے تھے دو ایک سال

آکسفورڈ گزار آؤ زندگی بن جائے گی لیکن ہم نے وہاں جانے سے صاف انکار کر دیا کیونکہ ہم جانتے تھے کہ انگلستان میں پان کہاں۔"

"وہ تو شاید آپ نے اچھا کیا جو ولایت نہیں گئے نہیں تو فرنگیوں کی پتلونوں کی خیر نہیں تھی۔" ہم نے مرزا کو بناتے ہوئے کہا، "لیکن یہ جو آپ نے ہماری مکھن زین کی قیمتی پتلون کو تباہ کر دیا یہ ہمیں کس گناہ کی سزا دی۔"

مرزا صاحب نے اپنا پیک سے بھرا ہوا منہ اوپر اٹھا کر اور ضرورتاً دیوار پر پیک سے گلکاری کرتے ہوئے فرمایا، "اجی حضرت! یہ سب آپ کا قصور ہے۔ یہ دیوان خانے میں اگلدان نہ رکھنے کی سزا ہے جو آپ کو دی گئی ہے۔ بندۂ خدا! الم غلم سے سارا کمرہ بھر رکھا ہے لیکن اتنی توفیق نہیں ہوئی کہ ایک اگلدان ہی خرید لیں۔ اپنے لئے نہیں تو مہمانوں کے لئے۔ گلے میں جب ایک نہ دو اکٹھی چار گلوریاں ہوں اور مشکی دانے کا تمباکو ضرورت سے زیادہ تیز ہو اور سامنے اگلدان موجود نہ ہو تو خود ہی بتایئے بجلی کی طرح پیک آپ کی پتلون پر نہیں گرے گی تو کہاں گرے گی؟"

ہمیں مرزا جگنو کے گھر جب کبھی جانے کا موقع ملا ہمیشہ انہیں اس قسم کے مشاغل میں مصروف پایا۔ کبھی چھالیا کتر رہے ہیں، کتھے کو کیوڑے کی خوشبو میں بسا رہے ہیں، چونا چکھ چکھ کر دیکھ رہے ہیں کہ مطلوبہ تندی کا ہوا ہے یا نہیں اور کبھی مرادآباد تمباکو کی بلائیں لے رہے ہیں۔ کئی بار ان سے عرض کیا آپ اتنے عالم و فاضل ہیں۔ غزل کہنے میں استاد تسلیم کئے جاتے ہیں۔ مشاعروں کو لوٹ لینا آپ کے بائیں ہاتھ کا کرتب ہے۔ زہد اور پارسائی کی محلے بھر میں دھوم ہے۔ پھر آپ پان کھانے کی عادت کیوں نہیں ترک کر سکتے جب کہ آپ جانتے ہیں کہ پان دانتوں و مسوڑھوں کا زیاں ہے؟"

ہر بار مرزا بگڑ کر فرماتے ہیں، "حضرت! ہر بڑے شخص میں ایک آدھ کمزوری ہوتی

ہے۔ یہ بات نہ ہو تو اس کا شمار فرشتوں میں ہونے لگے۔ غالب کو ہی لیجئے اتنے عظیم شاعر لیکن بادہ نوشی کی ایسی لت پڑی کہ ادھار پینے میں بھی انہیں عار نہیں تھی۔ وہ تو دعا بھی اس لئے مانگتے تھے کہ انہیں شراب ملے۔ تم نے وہ لطیفہ سنا ہو گا۔ ایک دفعہ جب انہیں شراب دستیاب نہ ہوئی تو وضو کر کے نماز پڑھنے کی ٹھانی۔ ابھی وضو ہی کر پائے تھے کہ ان کا ایک شاگرد کہیں سے شراب کی بوتل لے آیا۔ فوراً نماز پڑھنے کا ارادہ ترک کر دیا اور شراب پینے لگے۔ شاگرد نے پوچھا، "نماز پڑھیئے گا کیا؟" ہنس کر فرمایا، "جس چیز کے لئے دست بدعا ہونا تھا وہ مل گئی، اب نماز پڑھنے کا فائدہ؟"

"لیکن مرزا صاحب! شراب کی بات اور ہے کہ چھٹتی نہیں ہے منہ سے یہ کافر لگی ہوئی، لیکن پان میں تو ایسی کوئی بات نہیں۔" ہم نے بحث کو آگے بڑھاتے ہوئے مشورہ دیا۔

"اجی حضرت!" مرزا صاحب نے فرمایا، "پان کھانے کا لطف پان خور ہی جانتا ہے۔ آپ پاکباز قسم کے لوگ کیا جانیں۔ اس کی فضیلت کا حال تو بیربل سے پوچھئے جس نے اکبر کے سوال کرنے پر کہ سب سے بڑا پتا کون سا ہے۔" عرض کیا تھا، "مہابلی! پان کا پتا جسے اس وقت ظل الہٰی کھا رہے ہیں"، لیجئے اب تو سند بھی مل گئی کہ پان وہ چیز ہے جسے خود مغل اعظم نے منہ لگایا۔ اب آئندہ ہمارے پان کھانے پر اعتراض نہ کیا کیجئے۔"

"مگر پھر بھی ہمارا خیال ہے اگر آپ پان خور نہ ہوتے تو ولی ہوتے۔"

سبحان اللہ! کیا پتے کی بات کہی ہے آپ نے یعنی صرف اتنی سی بات کے لئے ہم ولی کہلوائیں۔ پان خوری چھوڑ دیں نا صاحب! ہمیں یہ خسارے کا سودا بالکل پسند نہیں۔ ہمارا تو عقیدہ ہے:

تم مرا دل مانگ لو دل کی تمنا مانگ لو

پان دے کر مجھ سے تم چاہو تو دنیا مانگ لو

اور ہاں دیکھئے صاحب! اب بحث بند کیجئے۔ ایک گلوری اپنے اور ایک ہمارے منہ میں ڈالئے اور کسی لکھنوی شاعر کا ایک بے نظیر شعر سنئے اور سر دھنئے کہ پان کے ذکر نے شعر کو کتنا رنگین بنا دیا ہے۔ ہاں تو وہ شعر ہے؛

پان لگ لگ کے مری جان کدھر جاتے ہیں
یہ مرے قتل کے سامان کدھر جاتے ہیں

ہم نے مرزا صاحب کے اصرار پر گلوری منہ میں ڈالی، شعر بھی سنا اور سننے کے بعد زیر لب گنگنانے لگے؛

تجھے ہم ولی سمجھتے جو نہ پان خور ہوتا

٭ ٭ ٭

پیر و مرشد

پطرس میرے استاد تھے۔ ان سے پہلی ملاقات تب ہوئی جب گورنمنٹ کالج لاہور میں ایم اے انگلش میں داخلہ لینے کے لئے ان کی خدمت میں حاضر ہوا۔ انٹرویو بورڈ تین اراکین پر مشتمل تھا۔ پروفیسر ڈکنسن (صدر شعبہ انگریزی) پروفیسر مدن گوپال سنگھ اور پروفیسر اے ایس بخاری۔ گھر سے خوب تیار ہو کر گئے تھے کہ سوالات کا کرارا جواب دے کر بورڈ کو مرعوب کرنے کی کوشش کریں گے، مگر بخاری صاحب نے ایسے سوال کئے کہ پسینے چھوٹنے لگے۔ جونہی کمرے میں داخل ہو کر آداب بجالائے انہوں نے خاکسار پر ایک سرسری نگاہ ڈالتے ہوئے پوچھا۔ "آپ ہمیشہ اتنے ہی لمبے نظر آتے ہیں یا آج خاص اہتمام کر کے آئے ہیں؟" لاجواب ہو کر ان کے منہ کی طرف دیکھنے لگے۔

"آپ شاعر ہیں؟"

"جی نہیں۔"

"دیکھنے میں تو آپ مجنوں گورکھپوری نظر آتے ہیں۔"

پروفیسر مدن گوپال سنگھ کو مخاطب کرتے ہوئے فرمایا۔ "بہ خدا ان کی شکل خطرناک حد تک مجنوں گورکھپوری سے ملتی ہے۔" پھر میری جانب متوجہ ہوئے۔ "آپ کبھی مجنوں گورکھپوری سے ملے ہیں؟"

"جی نہیں۔"

"ضرور ملئے۔ وہ آپ کے ہم قافیہ ہیں۔"

پھر پوچھا۔ "یہ آپ کے سرٹیفکیٹ میں لکھا ہے کہ آپ کتابی کیڑے ہیں، جانتے ہو کتابی کیڑا کسے کہتے ہیں؟"

"جی ہاں۔ جو شخص ہر وقت مطالعہ میں منہمک رہتا ہے۔"

"کتابی کیڑا وہ ہوتا ہے، جو کتاب کے بجائے قاری کو کھا جاتا ہے۔"

پروفیسر ڈکنسن نے بخاری صاحب سے دریافت کیا۔ "ان کے بی اے میں کتنے نمبر آئے تھے؟"

انھوں نے میرا ایک سرٹیفکیٹ پڑھتے ہوئے جواب دیا۔ ۳۲۹ فرسٹ ڈویژن۔

"تو پھر کیا خیال ہے؟" پروفیسر مدن گوپال سنگھ نے پوچھا۔

بخاری صاحب نے مسکراتے ہوئے کہا۔ "داخل کرنا ہی پڑے گا۔ جو کام ہم سے عمر بھر نہ ہو سکا وہ انہوں نے کر دیا۔"

پروفیسر ڈکنسن نے چونک کر پوچھا۔ "کون سا کام بخاری صاحب؟"

سگریٹ کا کش لگاتے ہوئے فرمایا۔ "یہی بی اے میں فرسٹ ڈویژن لینے کا۔"

دوسرے دن کلاس روم میں گئے۔ بخاری صاحب کا ان دنوں عالم شباب تھا پینتیس سال کے قریب عمر ہو گی، دراز قد، گھنی بھنویں، سرخ و سفید رنگت، بڑی بڑی روشن آنکھیں، لمبوترا چہرہ، شکل و شباہت کے اعتبار سے وہ افغان یا ایرانی دکھائی دیتے تھے۔ ریشمی گاؤن پہن کر کلاس روم میں آتے تھے۔ حاضری لئے بغیر لیکچر شروع کیا کرتے، عموماً لیکچر سے پہلے اپنے عزیز شاگردوں سے دو ایک چونچیں ضرور لڑا کرتے تھے۔ بلراج ساہنی مشہور ہندوستانی اداکار، ان کا عزیز ترین شاگرد تھا۔ اکثر ایک آدھ فقرہ اس پر کستے تھے۔ "کیا بات ہے ساہنی، آج کچھ کھوئے کھوئے نظر آتے ہو۔ جانتے ہو جب کوئی

نوجوان اداس رہتا ہے تو اس کی اداسی کی صرف دو وجہیں ہوتی ہیں یا وہ عشق فرمانے کی حماقت کر رہا ہے یا اس کا بٹوہ خالی ہے۔"

لیکچر کسی کتاب یا نوٹس کی مدد کے بغیر دیتے تھے۔ انگریزی کا تلفظ ایسا تھا کہ انگریزوں کو رشک آتا تھا۔ فرسودہ یا روائتی انداز بیان سے چڑ تھی۔ غلطی سے بھی کوئی عامیانہ فقرہ ان کی زبان سے نہیں نکلتا تھا۔ "ڈرامہ" پڑھانے میں خاص کمال حاصل تھا۔ "ہملیٹ" پڑھا رہے ہیں تو چہرے پر وہی تاثرات پیدا کر لیں گے جو موقع محل کی عکاسی کرتے ہوں۔ کنگ لیر پڑھاتے تو معلوم ہوتا، کہ طوفانوں میں گھرا ہوا بوڑھا شیر غرا رہا ہے۔ شیکسپیئر کے مشہور کرداروں کی تقریریں زبانی یاد تھیں انہیں اس خوبی سے ادا کرتے کہ سامعین کو پھریری سی آجاتی۔

حافظہ غضب کا پایا تھا، اکثر جب کوئی نئی کتاب پڑھتے تو دوسرے دن کلاس روم میں اس کا خلاصہ اتنی صحت کے ساتھ بیان کرتے کہ لیکچر سننے کے بعد محسوس ہوتا کتاب انہوں نے نہیں ہم نے پڑھی ہے۔

ایک بار فرانسیسی فلسفی برگساں کی کتاب "مزاح" کی وضاحت فرماتے وقت انہوں نے طنز و مزاح سے متعلق بہت دلچسپ باتیں بتائیں فرمایا۔ "انسان ہی صرف ہنسنے والا جانور ہے۔"

میں نے کہا۔ "جناب بندر بھی ہنستا ہے۔"

ہنس کر فرمایا۔ "کیونکہ وہ انسان کا جد امجد ہے۔"

بیان کو جاری رکھتے ہوئے فرمایا۔ "ہنسنے کے لئے عقل کا ہونا ضروری ہے۔ یہی وجہ ہے کہ بیوقوف کو لطیفہ سنانا تضیع اوقات ہے۔ اگر ایک آدمی کیلئے کے چھلکے سے پھسل

پڑے تو دوسرے اس پر ہنستے ہیں لیکن اگر ایک بھینس کیلئے کے چھلکے سے پھسل کر کیچڑ میں گر پڑے تو باقی بھینسیں اس پر کبھی نہیں ہنسیں گی، کیونکہ بھینس کے پاس عقل نہیں ہوتی تبھی تو یہ محاورہ ایجاد ہوا۔ عقل بڑی یا بھینس۔۔۔ ہمدردی یا ترحم کا جذبہ ہنسی کے لئے زہر قاتل کا درجہ رکھتا ہے۔ اگر کوئی شخص سائیکل چلاتے وقت گر پڑے تو آپ اس پر ہنسیں گے لیکن اگر اسے سخت چوٹ آئی ہو تو آپ کبھی نہیں ہنس سکیں گے۔ اگر ایک ریلوے گارڈ گاڑی چلنے سے پہلے ہر مسافر کو سخت سست کہے، کھڑکی سے باہر جھانکنے والے ہر بچے کو سرزنش کرے، ہر بوڑھے کو فہمائش کرے کہ اسے ڈبے میں فوراً داخل ہونا چاہئے اور خود چلتی گاڑی میں سوار ہوتے وقت گر پڑے تو تمام مسافر قہقہے لگا کر اس کی بے بسی کا مذاق اڑائیں گے کیونکہ ان میں سے کسی کو اس کے ساتھ ہمدردی نہیں ہوگی۔

ایک ہی چیز المیہ اور طربیہ ہوسکتی ہے، سوال صرف ہمدردی کا ہے۔ فرض کیجئے بھرے میلے میں کوئی شخص یہ اعلان کرے کہ میری بیوی کھوگئی ہے، کچھ لوگ اس پر ضرور ہنسیں گے۔ یہ بات دوسروں کے نقطۂ نگاہ سے طربیہ اور خود اس شخص کے نقطہ نظر سے المیہ ہے۔ مزاح بالکل اسی طرح تیار کیا جاسکتا ہے۔ جیسے صابن یا خوشبودار تیل۔ فارمولا یہ ہے کہ دونوں چیزوں میں نامطابقت پیدا کردیجئے۔ مثال کے طور پر یہ کہنے کے بجائے "ہم سخن فہم ہیں غالبؔ کے طرفدار نہیں۔" یہ کہیئے، "ہم طرفدار ہیں غالب کے سخن فہم نہیں۔" مزاح پیدا ہوجائے گا۔"

بخاری صاحب مزاحیہ تقریر کرنے کے فن میں امام کا درجہ رکھتے تھے۔ یہ سر عبد القادر کا دور زرّین تھا۔ ہر ادبی مجلس میں کرسیٔ صدارت اور سر عبد القادر لازم و ملزوم تھے۔ یونیورسٹی ہال میں ایک ادبی مباحثہ ہو رہا تھا۔ موضوع زیر بحث تھا(The Proper Study of mankind Is Women، صنف نازک ہی انسانی مطالعہ کا صحیح موضوع

ہے۔) جب پروفیسر دیوان چند شرما، ڈاکٹر خلیفہ شجاع الدین تقاریر کر چکے تو سر عبد القادر نے بخاری صاحب کو اسٹیج پر تشریف لانے کو کہا۔ سامعین ہمہ تن گوش ہو گئے، کہ انھیں پوری توقع تھی اب ہنسی مذاق کے فوارے چھوٹیں گے۔

بخاری صاحب جھومتے جھامتے اسٹیج پر آئے۔ صاحب صدر کی طرف مسکرا کر دیکھا۔ سامعین پر ایک نگاہ غلط انداز ڈالی اور فرمایا۔ "صاحب صدر! میں بد قسمتی سے پروفیسر واقع ہوا ہوں جس کالج میں پڑھاتا ہوں وہاں مخلوط تعلیم کا رواج ہے۔ میرا تجربہ ہے کہ کلاس روم میں طلباء کی توجہ کا مرکز صنف نازک ہی ہوتی ہے۔ کوشش کے باوجود میں طلباء کو اپنی طرف متوجہ نہیں کر سکتا اور بسا اوقات مجھے صنف نازک پر رشک آنے لگتا ہے، صاف ظاہر ہے طلباء یہ نکتہ بخوبی سمجھتے ہیں کہ صنف نازک ہی مطالعہ کا اصل موضوع ہے۔

صاحب صدر! صنف نازک کے مطالعہ کے بغیر سائنس کا مطالعہ ناممکن ہے۔ کیا آپ مقناطیسیت کا مطالعہ صنف نازک کے بغیر مکمل سمجھیں گے، جب کہ آپ جانتے ہیں کہ عورت سے زیادہ پر کشش ہستی خداوند تعالیٰ نے پیدا نہیں کی۔ کیا آپ حرارت کا مطالعہ کرنے میں عورت کو نظر انداز کر سکتے ہیں جب آپ جانتے ہیں کہ محفلوں کی گرمی عورت کی موجودگی کی مرہون منت ہے۔ کیا آپ برقیات کا مطالعہ کرتے وقت عورت کو نظر انداز کر سکتے ہیں جب آپ کو معلوم ہے کہ حوّا کی بیٹیاں بادل کے بغیر بجلیاں گرا سکتی ہیں۔

صاحب صدر! صنف نازک آرٹ کے مطالعے کے لئے ناگزیر ہے۔ اگر لیونارڈو، رافیل اور مائیکل اینجلو نے عورت کے خط و خال کو قریب سے نہ دیکھا ہوتا تو کیا وہ ان لافانی تصاویر اور مجسموں کی تخلیق کر سکتے جن کا شمار عجائبات عالم میں ہوتا ہے۔ کیا کالی داس،

شکنتلا کا، شیکسپیئر، روزالنڈ کا اور دانتے، بیتریس کا تصور بھی ذہن میں لا سکتے اگر انہوں نے صنف نازک کے مطالعے میں شب و روز نہ گزارے ہوتے۔ صاحب صدر! صنف نازک نے موسیقاروں سے ٹھمریوں اور دادروں، شاعروں سے مثنویوں اور غزلوں اور رقاصوں سے کتھک اور کتھا کلی کی تخلیق کرائی۔ اگر آج فنون لطیفہ ختم ہو رہے ہیں تو اس کی وجہ یہ ہے کہ ہم مطالعہ کے اصلی موضوع سے بھٹک گئے ہیں۔ ہم ان چیزوں کا مطالعہ کر رہے ہیں جن سے بجلی کے پنکھے، سستی دیسی فلمیں، اور اکثیر چنبل تو معرض وجود میں آسکتی ہے لیکن "میگھ دوت"، "تائیس" اور "منی پور رقص" کی توقع کرنا بیکار ہے۔"

مرحوم تقریر نہیں، سحر کیا کرتے تھے۔ ان کی ساحری کا ایک واقعہ مجھے یاد ہے۔ ۱۹۳۲ء میں انہوں نے اپنے ایک عزیز شاگرد پروفیسر آر۔ ایل مہتہ کے اصرار پر ڈی اے وی کالج لاہور میں گالزوردی کے ناول A Man of Property پر لیکر دیا۔ پروفیسر مہتہ ان دنوں ڈی اے وی کالج میں ملازم تھے۔ مارچ کا مہینہ تھا، مطلع ابر آلود تھا ہلکی ہلکی پھوار پڑ رہی تھی۔ لاہور کے کالجوں کے سینکڑوں طلباء و طالبات لکچر سننے کے لئے ڈی اے وی کالج کے سائنس تھیٹر میں اکٹھے ہوئے۔ بخاری صاحب نے لکچر کی تمہید اس فقرے سے کی "خواتین و حضرات! ڈی اے وی کالج میں یہ میرا پہلا اور آخری لکچر ہے وجہ یہ ہے کہ اس کالج کے طلباء کا انگریزی کا تلفظ اتنا عجیب واقع ہوا ہے کہ جب وہ مجھے انگریزی میں بولتے ہوئے سنیں گے تو یہ سمجھیں گے میں انگریزی کی بجائے فرانسیسی یا جرمن میں تقریر کر رہا ہوں۔"

مرحوم کو انگریزی فکشن پر حیرت انگیز عبور حاصل تھا۔ جب وہ گالزوردی کے ناول کی وضاحت کر رہے تھے تو معلوم ہوتا تھا کہ خود مصنف اپنی تخلیق کا تجزیہ کر رہا ہے۔

طلباء ان کے لکچر کے نوٹس لے رہے تھے۔ بخاری صاحب کی فصاحت اور بلاغت کا یہ عالم تھا کہ وہ ایک خوب صورت فقرے کے بعد دوسرا وضع کرتے چلے تھے اور طلباء تذبذب میں پڑ جاتے کہ کون سا فقرہ نوٹ کریں اور کون سا نظر انداز کریں۔

یک لخت باہر بارش تیز ہوگئی، بجلی ایک دم جو زور سے کڑکی تو کمرے کی تمام بتیاں گل ہوگئیں۔ بخاری صاحب نے سلسلہ تقریر منقطع کرنا مناسب نہیں سمجھا۔ گھپ اندھیرے میں اپنے اسی شگفتہ انداز میں تقریر کرتے رہے، اور طلباء اندھیرے میں ان کے فقرے نوٹ کرنے کی کوشش میں محو رہے۔ کہیں سے شور و غل، چیخ و پکار کی آواز نہیں آئی، کمرے میں مکمل سناٹا تھا۔ کوئی دس پندرہ منٹ کے بعد بتیاں پھر روشن ہوئیں۔ بخاری صاحب نے ایک خفیف مسکراہٹ کے ساتھ ان کا خیر مقدم کیا اور تقریر جاری رکھی۔ اس تقریر کے سننے کے بعد اکثر طلباء کا یہ رد عمل تھا کہ جو باتیں ان کے اپنے پروفیسر دو سال میں نہیں بتا سکے وہ بخاری صاحب نے ایک گھنٹہ کے دوران میں بتا دیں۔ اسی تقریر سے متعلق مجھے ان کا ایک فقرہ یاد ہے۔ فرمایا، "مشہور انگریز نقاد ڈاکٹر بیکر نے انگریزی ناول پر آٹھ جلدیں لکھی ہیں جن کا مجموعی وزن کوئی چار سیر ہو گا۔ ایک اور انگریزی نقاد جے بی پریسٹلے نے ناول پر ایک کتابچہ لکھا جس کا وزن چار تولے ہو گا میری رائے میں اگر بیکر کی تمام جلدیں ایک پلڑے میں رکھ دی جائیں اور پرسٹلیے کا کتابچہ دوسرے میں تو یقیناً پرسٹلیے کا پلڑا بھاری رہے گا۔"

سناتن دھرم کالج میں ایک ادبی مباحثہ ہوا۔ بخاری صاحب وہاں صاحب صدر کی حیثیت سے موجود تھے۔ موضوع زیر بحث تھا، "عورت تیرا نام کمزوری ہے۔" لاہور کے بہترین مقرر اس مباحثے میں حصہ لے رہے تھے۔ ان میں سے اکثر یورپ کی سیر کر چکے تھے، انہوں نے اپنی تقاریر میں یورپین عورتوں کو خاص طور پر آڑے ہاتھوں لیا۔ کچھ نے

ہندوستان کی تاریخ سے مثالیں دے کر ثابت کیا کہ عورت نے ہر گام پر مرد کو دھوکا دیا ہے۔ سکھ مہارانی "جنداں" کا ذکر کیا گیا، حوّا کی کمزوری کی طرف بھی بار بار اشارے کئے گئے۔ بحث کے اختتام پر بخاری صاحب نے فرمایا۔ "میں نے مخالفین کے دلائل بڑے غور سے سنے، میں سمجھتا ہوں کہ ان کے دلائل صحیح اور نتائج غلط ہیں۔ اگر یہ ٹھیک ہے کہ عورت مرد کو ہمیشہ گمراہ کرتی رہی ہے تو میرے خیال میں یہ مرد کی کمزوری اور عورت کی شہ زوری ہے۔ حالانکہ میں نے بھی یورپ کی سیر کی ہے لیکن عورتوں سے متعلق میرا تجربہ اتنا وسیع نہیں جتنا میرے چند دوستوں کا جنہوں نے یورپین عورتوں کی کمزوری کا بیان چٹخارے لے لے کر کیا۔ کہا گیا ہے کہ یورپ میں عورت شکاری اور مرد شکار ہے۔ اگر یہ صحیح ہے تو ہمیں ہر شیر اور ہر عقاب کو کمزور سمجھنا چاہیئے۔ در اصل بات یہ ہے خدا پنج انگشت یکساں نہ کردے۔ نہ عورت کانچ کی چوڑی ہے اور نہ مرد فولاد کا پنجہ۔

بخاری صاحب اپنے طلباء میں تنقیدی شعور پیدا کرنے میں ہمیشہ کوشاں رہتے تھے۔ رٹے رٹائے فقروں سے انہیں بہت نفرت تھی۔ ادھر کسی طالب علم نے کسی مشہور نقاد کے قول کا حوالہ دیا ادھر جھٹ انہوں نے پھبتی کسی "منصور کے پردے میں خدا بول رہا ہے۔ اجی حضرت یہ فرمان تو اے۔ سی بریڈلے کا ہے۔ خاکسار بریڈلے کی نہیں آپ کی رائے دریافت کرنا چاہتا ہے۔" جب ہمارا پہلا امتحان ہوا تو میں نے اپنے پرچے میں متعدد مشہور نقادوں کے فقرے نقل کر دیئے۔ بخاری صاحب نے مجھے۔ "صفر" نمبر عطا کرتے ہوئے پرچے کے سرورق پر لکھا۔ "آپکا سارا پرچہ واوین میں ہونا چاہیئے۔ آپ نے جگہ جگہ ایف ایل لوکس اور پروفیسر کلر کوچ کے اقوال نقل کر دیئے ہیں۔ یہ دونوں کیمبرج میں میرے استاد تھے۔ یقیناً میں اس قابل نہیں کہ اپنے استادوں کا ممتحن بن سکوں، مجھے تو آپ کا امتحان لینا ہے۔"

کلاس روم میں کبھی کبھی جان بوجھ کر الٹی بات کہہ دیتے۔ ساری کلاس پنجے جھاڑ کر ان کے پیچھے پڑ جاتی۔ وہ ہر معترض کو ایسا دنداں شکن جواب دیتے کہ بے چارہ بغلیں جھانکنے لگتا۔ سارا پیریڈ بحث مباحثہ میں گزر جاتا۔ سب کو قائل کرنے کے بعد فرماتے۔ "یہ بات میں نے صرف اشتعال دلانے کے لئے کہی تھی ورنہ اس میں کون کافر شک کر سکتا ہے کہ شیکسپیئر بہت بڑا فنکار ہے۔"

بحث مباحثہ کے پیریڈ میں جہاں طلباء کی تعداد تھوڑی ہوتی تھی، وہ ہر طالب علم پر جرح کیا کرتے تھے۔ ایسی کڑی جرح کہ طلباء کے چہروں پر ہوائیاں اڑنے لگتیں۔ خون خشک ہو جاتا۔ ایک دفعہ مجھ سے پوچھا۔ "آپ نے اپنے جواب مضمون میں لکھا کہ ٹینی سن کے کلام میں موسیقیت کا عنصر بدرجہ اتم موجود ہے۔ موسیقیت سے آپ کی کیا مراد ہے؟"

"موسیقیت سے میرا مطلب یہ ہے کہ ٹینی سن کا کلام پڑھتے وقت ایک دل کش لے یا تال کا احساس ہوتا ہے۔"

"لے یا تال کیا چیز ہے۔"

"آواز کا اتار چڑھاؤ۔"

"ٹینی سن کے کسی مصرعہ کا حوالہ دے کر بتایئے۔"

میں نے گھبراہٹ کے عالم میں یونہی ایک مصرع پڑھ دیا۔ فرمانے لگے۔ "یہ تو اتنا کرخت ہے کہ اس کے مقابلے میں کوّے کی آواز زیادہ سریلی معلوم ہو گی۔ کہیں یہ بات تو نہیں کہ آپ موسیقی اور شور و غل کو ہم معنی سمجھتے ہیں۔"

اس پیریڈ میں اکثر ہندوستانیوں کی عادات پر دلچسپ تبصرہ کیا کرتے تھے۔ "ہم ہندوستانی بھی تین لوک سے نیارے ہیں۔ انگلینڈ میں اگر کسی کے گھر موت واقع ہو جائے تو کانوں کان خبر نہیں ہوتی، یہاں کسی کا دور دراز کا رشتہ دار اللہ کو پیارا ہو جائے تو ساری

رات دھاڑیں مار مار کر ہمسایوں کے علاوہ گلی محلہ والوں کی نیند حرام کر دیتا ہے۔"

"شور وغل کا ہماری زندگی میں کتنا دخل ہے۔ انگلینڈ اور فرانس میں سڑک پر چلتے ہوئے لوگ اتنی دھیمی آواز میں باتیں کرتے ہیں گویا کانا پھوسی کر رہے ہوں۔ ہم ہندوستانی "مدہم" کی بجائے "پنجم" میں باتیں کرنے کے عادی ہیں بخدا ہم بولتے نہیں چلاتے ہیں۔"

"ہم ہندوستانی جب تقریر کرتے ہیں تو یوں معلوم ہوتا ہے جیسے گھر والوں سے لڑ کر آئے ہیں اور سامعین پر اپنا غصہ اتار رہے ہیں۔ ستم ظریفی کی انتہا یہ ہے کہ ماتمی قرارداد بھی ہم اس انداز میں پیش کرتے ہیں جیسے ہمسایہ ملک سے اعلان جنگ کر رہے ہوں۔"

"مبالغہ آمیزی ہماری طبیعت کا شعار بن چکی ہے۔ یہاں ہر کانفرنس "آل انڈیا" یا "بین الاقوامی" ہوتی ہے چاہے شرکت کرنے والوں کی تعداد ایک درجن کیوں نہ ہو۔ چند دن ہوئے میں نے موچی دروازے کے اندر ایک دکان دیکھی جس میں ایک ٹوٹا ہوا ہارمونیم اور خستہ حال طبلہ پڑا تھا۔ سائن بورڈ پر لکھا تھا۔ "انٹرنیشنل اکیڈمی آف میوزک اینڈ ڈانسنگ۔"

"ہندوستانی موسیقی میں سوز ہے جوش نہیں۔ کیمبرج میں ایک بار میں نے اپنے استاد کلر کوچ کو پکے گانوں کے چھ سات ریکارڈ سنوائے اس کے بعد ان کی ہندوستانی موسیقی کے بارے میں رائے دریافت کی۔ نہایت سنجیدگی سے کہنے لگے، "بور کرنے کے لئے ایک ہی ریکارڈ کافی تھا آپ نے چھ سات سنوانے کا خواہ مخواہ تکلف کیا۔"

بخاری صاحب سے آخری ملاقات جون ۱۹۴۷ء میں ہوئی۔ تب وہ آل انڈیا ریڈیو کے ڈائریکٹر کے عہدے سے سبکدوش ہو کر گورنمنٹ کالج لاہور کے پرنسپل مقرر ہو چکے تھے۔ بڑے تپاک سے ملے فرمانے لگے۔ "آپ ڈی اے وی کالج میں یونہی وقت

ضائع کر رہے ہیں۔ غیر ادبی ماحول میں رہنا ذہنی خودکشی کے مترادف ہے۔ میں جلد ہی آپ کو گورنمنٹ کالج میں لانے کی کوشش کروں گا۔" ان دنوں تحریک پاکستان اپنے شباب پر تھی۔ کسی پروفیسر نے کہا اگر پاکستان بن گیا تو ہم کپور کو ہندوستان نہیں جانے دیں گے۔ البتہ انھیں مشرف بہ اسلام ہونا پڑے گا۔ بخاری صاحب نے چونک کر فرمایا۔ "حضرت پہلے ہم اور آپ تو مشرف بہ اسلام ہولیں اس غریب کی باری تو بعد میں آئے گی۔ آخر ہم اور آپ میں کون سی مسلمانی رہ گئی ہے۔"

آل انڈیا ریڈیو کا تذکرہ چھڑا کہنے لگے۔ "ایک بار میرے متعلق پارلیمنٹ میں کہا گیا کہ میں دوست پرور ہوں۔ آل انڈیا ریڈیو میں میں نے اپنے دوست اور شاگرد اکٹھے کر رکھے ہیں۔ میں نے اخبارات میں ایک بیان دیا جس میں کہا کہ یہ الزام سو فیصد درست ہے، مگر اب اس کا کیا کیا جائے کہ بدقسمتی سے میرے تمام شاگرد اور احباب قابل ترین اشخاص واقع ہوئے ہیں اور قابل دوست یا شاگرد جاہل دشمن سے ہمیشہ اچھا ہوتا ہے۔

بخاری صاحب ساٹھ اکسٹھ برس کی عمر میں ہمیں داغ مفارقت دے گئے۔ ان کا مقبرہ دیار غیر میں بنا۔ ہندوستان اور پاکستان سے اتنی دور کہ ان کے شاگرد اور عقیدت مند اس پر آنسو بہانے یا شمع جلانے کی سعادت بھی حاصل نہیں کرسکتے، لیکن فہم و فراست کی شمعیں جو وہ خود جلاگئے ان کی روشنی ابدی ہے۔ ان کی دین صرف مضامینِ پطرس نہیں، ان کی اصل دین ان کے وہ مایۂ ناز شاگرد ہیں جنہوں نے ادب اور فن میں نئی راہیں نکالیں اور جنہیں اپنے "پیر و مرشد" پر جسد خاکی کی آخری سانس تک فخر رہے گا۔

***

سائیں بابا کا مشورہ

میرے پیارے بیٹے مسٹر غمگین!

جس وقت تمھارا خط ملا، میں ایک بڑے سے پانی کے پائپ کی طرف دیکھ رہا تھا جو سامنے سڑک پر پڑا تھا۔ ایک بھوری آنکھوں والا ننھا سا لڑکا اس پائپ میں داخل ہوتا اور دوسری طرف سے نکل جاتا، تو فرطِ مسرت سے اس کی آنکھیں تابناک ہو جاتیں۔ وہ اُچھلتا کودتا پھر پائپ کے پہلے سرے سے داخل ہو جاتا۔ ایسے میں تمھارا خط ملا۔ لکھا تھا "سائیں بابا، میں ایک غمگین انسان ہوں خدارا مجھے مسرت کا راز بتاؤ۔ یہ کہاں ملتی ہے، کیسے ملتی ہے، کس کو ملتی ہے۔"

مسٹر غمگین! اگر تم اس وقت میرے پاس ہوتے، تو تم سے فوراً کہتا کہ اس پائپ میں داخل ہو جاؤ اور یہ پروا مت کرو کہ تمھاری استری شدہ پتلون مٹی سے لتھڑ جائے گی۔ اس وقت مسرت ہم سے صرف چھ گز کے فاصلے پر تھی اور مٹی سے لتھڑی پتلون دھوئی بھی جا سکتی تھی۔

لیکن ہائے، تم اس وقت بہت دور تھے، کلکتہ میں۔ نہ جانے تم اتنی دور کیوں ہو؟ مسرت سے اتنی دور۔ اس دوری کی وجہ سے تمھاری پتلون مٹی سے بچی ہوئی ہے۔ اور سنو، کیا کلکتہ میں پانی کے پائپ نہیں ہوتے؟ کیا کلکتہ میں بھوری آنکھوں والا کوئی ننھا لڑکا نہیں ہوتا؟ میرا مطلب ہے مجھے خط لکھنے کے بجائے اگر تم کوئی پائپ تلاش کر لو، تو کیا

حرج ہے۔

مسرت کا راز؟ مسرت کے ساتھ یہ لفظ "راز" ٹکا دینا ان مل حرکت ہے۔ ایسی حرکت صرف پختہ ذہن کے لوگ ہی کرتے ہیں، بھوری آنکھوں والے ننھے لڑکے نہیں۔ زیادہ سے زیادہ یہ ایک فلسفیانہ حرکت ہے۔ مگر پائپ میں داخل ہونے میں کوئی فلاسفی نہیں۔ کیا پانی کا پائپ کوئی راز ہے؟ بالکل نہیں، وہ تو سب کے سامنے سڑک پر پڑا رہتا ہے مگر لوگ اس طرف نہیں بلکہ دور ہمالیہ میں کسی گپھا کی طرف جاتے ہیں تاکہ وہاں جاکر مسرت حاصل کریں۔ ہمالیہ بہت دور ہے مگر پائپ بہت نزدیک بلکہ وہ بھینس اس سے بھی زیادہ قریب ہے جو سامنے جوہڑ میں نہاتے ہوئے خوش ہو رہی ہے۔

بھینس نہانے کے لیے ہمالیہ نہیں گئی کیونکہ وہ فلاسفر نہیں اور نہ اس نے فلسفے کی کوئی کتاب پڑھی ہے۔ مگر مسٹر غمگین! تم نہ بھوری آنکھوں والے لڑکے ہو اور نہ بھینس۔ اس لیے تم مجھ سے مسرت کا راز پوچھنے بیٹھ گئے۔ میں کہتا ہوں کہ تم ایک بھینس خرید لو اور اسے گھر لے آؤ اور پھر اسے کھونٹے سے باندھ لو، پھر اپنی ننھی بیٹی کو اپنے پاس بلا لو اور اس سے کہو،

"بیٹی، یہ کیا ہے؟"

"یہ بھینس ہے۔"

"اس کے تھنوں میں کیا ہے؟"

"دودھ ہے۔"

"دودھ کون پیے گا؟"

"میں پیوں گی۔"

تو وہ لمحہ مسٹر غمگین، وہی ایک ننھا سا لمحہ تمھیں بیکراں مسرت عطا کرے گا۔ مگر

افسوس تم بھینس نہیں خریدتے بلکہ خط لکھنے بیٹھ جاتے ہو۔ چلو اگر بھینس مہنگی ہے تو ایک بکری خرید لو۔ پرسوں ایک مفلس دیہاتی نوجوان کو دیکھا کہ اُس نے پیادہ راہ پر بیٹھنے والے ایک مینا ری فروش سے کانچ کا ایک ہار آٹھ آنے میں خریدا، اور اپنی دیہاتی محبوبہ کی گردن میں اپنے ہاتھ سے پہنا دیا۔ تب فرطِ مسرت سے اس کے ہاتھ کانپ رہے تھے۔ میں نے اس سے یہ نہیں کہا کہ تم فینسی جیولرز شاپ پر جا کر سونے کا ہار خریدو۔ میں تم سے بھی نہیں کہتا کہ بھینس ہی خریدو نہیں، بکری ہی خرید لو۔ کانچ کا ہار ہو یا بکری، مگر شرط یہ ہے کہ فرطِ مسرت سے ہاتھ ضرور کانپنا چاہیے۔

یہ جھوٹ ہے کہ مسرت ابدی ہوتی ہے۔ جو لوگ یہ پروپیگنڈا کریں، وہ دراصل مسرت کی تجارت کرتے ہیں۔ وہ مسرت کو بوتلوں میں بند کر دوکان کی الماریوں میں رکھتے ہیں۔ ان پر خوب صورت اور سریع الاثر لیبل لگاتے ہیں۔ اس پر انگڑائی لیتی دوشیزہ کی تصویر بھی چسپاں کرتے ہیں۔ اگر ان کا بس چلے تو آسمان پر اڑتے رقص کرتے بادلوں کو بھی شیشے کے جگمگاتے شوکیس میں ساڑھی پہنا کر بند کر دیں۔ اور جب آپ نم آلود بادلوں سے بھیگنے کی مسرت حاصل کرنا چاہیں، تو ظاہر ہے کہ اس کے لیے آپ کو شوکیس کا شیشہ توڑنا پڑے گا اور مسرت کا بیوپاری شور مچادے گا "پولیس! پولیس! پولیس۔"

اس لیے بادلوں کو ہمیشہ آسمان پر ہی رہنا چاہیے۔ میرا مطلب ہے کہ وہ ہماری چھت سے اتنے دور رہیں کہ ہمارا ہاتھ اُن تک نہ پہنچ سکے۔ ورنہ ہمارے ہاتھوں کے لمس ہی سے وہ مرجھا جائیں گے۔ بادل تو پھولوں کی طرح ہیں اور تم جانتے ہو کہ ہم نے پھولوں کے نرخ مقرر کر رکھے ہیں۔ (کیونکہ ہم علم ریاضی بھی جانتے ہیں) اگر مسرت کے سوداگروں کو یہ علم ہو جائے کہ پانی والے پائپ سے بھی بھوری آنکھوں والا لڑکا مسرت حاصل کر سکتا ہے، تو وہ اسے بھی سڑک سے اٹھا شیشے کے شوکیس میں بند

کر دیں۔ وہ اس پر مندرجہ ذیل نرخ نامہ لگائیں گے:

ایک مرتبہ پائپ میں داخلہ۔۔۔ فیس آٹھ آنے۔

پانچ مرتبہ داخلہ۔۔۔ فیس اڑھائی روپے۔

تھوک مرتبہ داخلہ۔۔۔ آدھی فیس کی رعایت۔

پچاس مرتبہ داخل ہونے والوں کو۔۔۔ ایک غبارہ انعام۔

مسٹر غمگین! اگر تمھارے پاس اتنی دولت ہو کہ تم جنم سے لے کر مرن تک بغیر ایک لمحہ ضائع کیے مسلسل نرخ نامے کے مطابق پائپ میں داخل ہوتے رہو، تو تمھیں ابدی مسرت مل سکتی ہے۔ مگر یاد رکھو کہ بھینس عمر بھر پانی کے جوہڑ میں نہیں رہ سکتی۔ تم ایک امیر ترین آدمی کا منہ چڑا کر کہو کہ تمھاری ناک پر مکھی بیٹھی ہے، وہ سخت مشتعل ہو جائے گا کہ مسٹر غمگین، جو اپنے بوٹ پر پالش نہیں کرا سکتا میرے ایسے ارب پتی کو مکھی کا طعنہ دیتا ہے، لہٰذا وہ مکھی کے بجائے تم پر جھپٹ پڑے گا۔

میرا مطلب یہ ہے کہ جیسے بھینس مسلسل جوہڑ میں رہنے سے مسرت حاصل نہیں کر سکتی، ویسے ہی امیر ترین آدمی بھی مسلسل پھول خرید کر مسرت حاصل نہیں کر سکتا۔ کیونکہ ابدی مسرت کا کوئی وجود نہیں، بلکہ ایک نہ ایک دن ناک پر مکھی ضرور بیٹھتی ہے اور غم دے جاتی ہے۔ کیا تم سمجھتے ہو کہ مکھی کا طعنہ سننے کے بعد اس امیر آدمی کو رات بھر نیند آئے گی؟ کبھی نہیں، چاہے وہ گلستانِ ارم کے سارے پھول خرید کر بھی اپنے بستر پر کیوں نہ بچھا دے۔

اس لیے میں یہ سن کر سکتے میں آگیا کہ تم مستقل طور پر غمگین رہتے ہو۔ اگر ابدی مسرت کوئی چیز نہیں، تو ابدی غم کا بھی کہیں وجود نہیں۔ جھوٹ مت بولو۔ اب سنو، میرے دو دوست ہیں۔ ایک کا نام مسٹر وائے ہے اور دوسرے کا مسٹر ہائے۔ مسٹر وائے

جب بھی چلے اس کے پاؤں زمین پر نہیں ٹکتے۔ اچھل پھاند اس کا شیوہ ہے۔ وہ نہایت معمولی ہلکی سی بات پر خوشی سے بے چین ہو جاتا ہے۔ راستے پر کھڑے بجلی کے کھمبے پر جاتے جاتے اپنی چھوٹی سی سوٹی مار دیتا ہے۔ کھمبے میں سے ایک لمبی "جھن" کی آواز نکلتی ہے۔

"آہاہاہا۔" مسٹر وائے کی آنکھیں مسرت سے پھیل جاتی ہیں۔ وہ احباب سے مخاطب ہوتے ہوئے کہتا ہے۔ دیکھا کیسی آواز آتی ہے۔ "جھن" اگر تم کہو تو ایک بار پھر سوٹی لگا دوں۔ یہ رہی "جھن"۔

وہ انبساط کے جوش میں کلائی سے پکڑ کر مجھے اتنے زور سے کھینچ لیتا ہے کہ میں گرتے گرتے بچتا ہوں۔

اور مسٹر ہائے، ہمارا وہ نازک اور ہر وقت نکٹائی کی گرہ درست کرتے رہنے والا دوست بڑی گمبھیرتا سے کہتا ہے۔ "یہ صریحاً بدتمیزی ہے۔ ڈنڈا مارنے سے کھمبے کا روغن اتر گیا۔ یہ قومی سرمائے کا نقصان ہے۔"

مسٹر غمگین، جھن کی آواز اگر نہ نکالی جائے تو قومی سرمایہ محفوظ رہتا ہے۔ مگر مسٹر ہائے، جھن کی لذت محسوس نہیں کرنا چاہتا کیونکہ وہ عالم فاضل آدمی ہے۔ وہ جب بھی پیگ اٹھا کر پیئے تو آہ بھر کر کہتا ہے: "میں حیران ہوں کہ تم لوگ پاگلوں کی طرح کیوں اکٹھے ہو کر پینے بیٹھ جاتے ہو۔ میں پوچھتا ہوں کہ آخر تم کیوں پیتے ہو؟ کیا اپنا غم چھپانے کے لیے؟"

"نہیں مسرت پیدا کرنے کے لیے" مسٹر وائے جواب دیتا ہے۔

"فضول، اپنے آپ سے جھوٹ مت بولو غم چھپانے کو مسرت پیدا کرنا کہہ رہے ہو۔ تم یہ کیوں نہیں کہتے کہ ہم سب غمگین اور دکھی آدمی ہیں۔"

"غم کی کیا تعریف ہے؟" ایک اور دوست پوچھتے ہیں۔

میں بتاؤں؟ مسٹر وائے لمبی گمبھیر بحث پر آمادہ ہو جاتا ہے۔"ارسطو نے کہا تھا کہ غم انسان کے لمحات۔۔۔"

"جھن"

اتنے میں آواز آتی ہے۔ سب لوگ یہ دیکھ کر حیران ہو جاتے ہیں کہ مسٹر وائے چھلانگ لگا کر قریب کی آہنی سیڑھی پر جا بیٹھا ہے اور سیڑھی پر اپنا ڈنڈا بجا رہا ہے۔"

"جھن"

مسٹر وائے اعلان کرتا ہے۔

دوستو! ارسطو نے کہا تھا کہ "جھن" یعنی ارسطو نے کہا تھا کہ "جھن" یعنی "مارا وہ تیر سینے میں میرے کہ "، "جھن"۔

چاروں طرف ایک قہقہہ گونج اٹھتا ہے۔ مسٹر ہائے کی فلسفیانہ بحث کا سرکٹ بھی قہقہوں پر اچھلنے لگتا ہے۔ وہ اور بھی غمگین ہو جاتا ہے۔ مسٹر ہائے کی مسرت اس میں ہے کہ کوئی اس کے ساتھ بیٹھ کر غم کے فلسفے پر بحث کرتا رہے مگر مسٹر وائے بڑا استمگر ہے، اسے یہ موقع ہی نہیں دیتا۔

لہٰذا مسٹر غمگین، میں تم سے پھر کہوں گا کہ کلکتہ کی کسی سڑک پر پڑے پائپ کو تلاش کرو اور اس پر سوٹی مار کر "جھن" کی سی آواز پیدا کرو اور وعدہ کرو کہ تم مجھے اس "جھن" کے بعد خط نہیں لکھا کرو گے۔

تمھارا

سائیں بابا

***

بنانے کا فن

دوسروں کو بنانا، خاص کر ان لوگوں کو جو چالاک ہیں یا اپنے آپ کو چالاک سمجھتے ہیں، ایک فن ہے۔ آپ شاید سمجھتے ہوں گے کہ جس شخص نے بھی 'لومڑی اور کوّے' کی کہانی پڑھی ہے، وہ بخوبی کسی اور شخص کو بنا سکتا ہے۔ آپ غلطی پر ہیں۔ وہ کوّا جس کا ذکر کہانی میں کیا گیا ہے ضرورت سے زیادہ بے وقوف تھا، ورنہ ایک عام کوّا لومڑی کی باتوں میں ہر گز نہیں آتا۔ لومڑی کہتی ہے، "میاں کوّے! ہم نے سنا ہے تم بہت اچھا گاتے ہو۔" وہ گوشت کا ٹکڑا کھانے کے بعد جواب دیتا ہے، "بی لومڑی! آپ نے غلط سنا، خاکسار تو صرف کائیں کائیں کرنا جانتا ہے۔"

تاہم مایوس ہونے کی ضرورت نہیں۔ تلاش کرنے پر بیوقوف کوّے کہیں نہ کہیں مل ہی جاتے ہیں۔ اس اتوار کا ذکر ہے۔ ہمیں پتہ چلا کہ رائے صاحب موتی ساگر کا کتا مر گیا۔ ہم فوراً ان کے ہاں پہنچے۔ افسوس ظاہر کرتے ہوئے ہم نے کہا، "رائے صاحب آپ کے ساتھ بہت ظلم ہوا ہے۔ برسوں کا ساتھی داغِ مفارقت دے گیا۔"

"پرماتما کی مرضی۔" رائے صاحب نے مری ہوئی آواز میں جواب دیا۔

"بڑا خوبصورت کتا تھا۔ آپ سے تو خاص محبت تھی۔"

"ہاں مجھ سے بہت لاڈ کرتا تھا۔"

"کھانا بھی سنا ہے آپ کے ساتھ کھاتا تھا۔"

"میرے ساتھ نہیں، میرے پاس بیٹھ کر کھاتا تھا۔"

"کہتے ہیں آپ کی طرح مونگ کی دال بہت پسند تھی۔"

"دال نہیں، گوشت۔"

"آپ کا مطلب ہے چھیچھڑے۔"

"نہیں صاحب! بکرے کا گوشت۔"

"بکرے کا گوشت! واقعی بڑا سمجھ دار تھا۔ تیتر وغیرہ تو کھالیتا ہوگا۔"

"کبھی کبھی"

"یونہی منہ کا ذائقہ بدلنے کے لئے۔ سنا ہے، ریڈیو باقاعدگی سے سنتا تھا۔"

"ہاں ریڈیو کے پاس اکثر بیٹھا رہتا تھا۔"

"تقریریں زیادہ پسند تھیں یا گانے؟"

"یہ کہنا تو مشکل ہے۔"

"میرے خیال میں دونوں۔ سنیما جانے کا بھی شوق ہوگا۔"

"نہیں، سنیما تو کبھی نہیں گیا۔"

"بڑے تعجب کی بات ہے۔ پچھلے دنوں تو کافی اچھی فلمیں آتی رہیں۔ خیر اچھا ہی کیا۔ نہیں تو خواہ مخواہ آوارہ ہو جاتا۔"

"بڑا وفادار جانور تھا۔"

"اجی صاحب! ایسے کتے روز روز پیدا نہیں ہوتے۔ آپ نے شاید اڑھائی روپے میں خریدا تھا۔"

"اڑھائی روپے نہیں، اڑھائی سو میں۔"

"معاف کیجئے۔ کسی مہاراجہ نے آپ کو اس کے لئے پانچ روپے پیش کئے تھے۔"

"پانچ نہیں، پانچ سو۔"

"دوبارہ معاف کیجئے۔ پانچ سو کے تو صرف اس کے کان ہی تھے۔ آنکھیں چہرہ اور ٹانگیں الگ۔"

"بڑی رعب دار آنکھیں تھیں اس کی۔"

"ہاں صاحب کیوں نہیں، جس سے ایک بار آنکھ ملا تا وہ آنکھ نہیں اٹھا سکتا تھا۔"

"چہرہ بھی رعب دار تھا۔"

"چہرہ! اجی چہرہ تو ہو بہو آپ سے ملتا تھا۔"

"رائے صاحب نے ہماری طرف ذرا گھوم کر دیکھا۔ ہم نے جھٹ اٹھتے ہوئے عرض کیا۔" اچھا رائے صاحب! صبر کے سوا کوئی چارہ نہیں، واقعی آپ کو بہت صدمہ پہنچا ہے۔ آداب عرض۔"

رائے صاحب سے رخصت ہو کر ہم مولانا کے ہاں پہنچے۔ مولانا شاعر ہیں، اور زاغ تخلص کرتے ہیں۔

"آداب عرض مولانا۔ کہئے وہ غزل مکمل ہو گئی۔"

"کونسی غزل قبلہ۔"

"وہی۔ اعتبار کون کرے، انتظار کون کرے؟"

"جی ہاں، ابھی مکمل ہوئی ہے۔"

"ارشاد۔"

"مطلع عرض ہے۔ شاید کچھ کام کا ہو۔

جھوٹے وعدہ پہ اعتبار کون کرے

رات بھر انتظار کون کرے

"سبحان اللہ۔ کیا کرارا مطلع ہے۔ رات بھر انتظار کون کرے۔

واقعی پینسٹھ سال کی عمر میں رات بھر انتظار کرنا بہت مشکل کام ہے۔ اور پھر آپ تو آٹھ بجے ہی اونگھنے لگتے ہیں۔"

"ہے کچھ کام کا۔"

"کام کا تو نہیں، لیکن آپ کے باقی مطلعوں سے بہتر ہے۔"

"شعر عرض کرتا ہوں،

گو حسین ہے مگر لعیں بھی ہے
اب لعیں سے پیار کون کرے

"کیا بات ہے مولانا۔ اس "لعیں" کا جواب نہیں۔ آج تک کسی شاعر نے محبوب کے لئے اس لفظ کا استعمال نہیں کیا۔ خوب خبر لی ہے آپ نے محبوب کی۔"

"بجا فرماتے ہیں آپ۔ شعر ہے،

ہم خزاں ہی میں عشق کر لیں گے
آرزوئے بہار کون کرے

"بہت خوب۔ خزاں میں بیگم صاحب شاید میکے چلی جاتی ہیں۔ خوب موسم چنا ہے آپ نے، اور پھر خزاں میں محبوب کو فراغت بھی تو ہو گی۔"

جی ہاں۔ عرض کیا ہے،

مر گیا قیس نہ رہی لیلی
عشق کا کاروبار کون کرے

"بہت عمدہ۔ "عشق کا کاروبار کون کرے،" چشم بد دور آپ جو موجود ہیں۔ ماشاء اللہ آپ قیس سے کم ہیں۔"

"نہیں قبلہ ہم کیا ہیں۔"

"اچھا کسر نفسی پر اتر آئے۔ دیکھئے بننے کی کوشش مت کیجئے۔"

"مقطع عرض ہے۔"

"ارشاد۔"

"رنگ کالا سفید ہے داڑھی
زاغؔ سے پیار کون کرے

"اے سبحان اللہ۔ مولانا کیا چوٹ کی ہے محبوب پر۔ واللہ جواب نہیں اس شعر کا۔" زاغ سے پیار کون کرے" کتنی حسرت ہے اس مصرع میں۔"

"واقعی؟"

" صحیح عرض کر رہا ہوں۔ اپنی قسم یہ شعر تو استادوں کے اشعار سے ٹکر لے سکتا ہے۔ کتنا خوبصورت تضاد ہے۔ 'رنگ کالا سفید ہے داڑھی' اور پھر زاغ کی نسبت سے کالا رنگ کتنا بھلا لگتا ہے۔"

زاغؔ صاحب سے اجازت لے کر ہم مسٹر 'زیرو' کے ہاں پہنچے۔ آپ آرٹسٹ ہیں اور آرٹ کے جدید اسکول سے تعلق رکھتے ہیں۔ انہوں نے ہمیں اپنی تازہ تخلیق دکھائی۔ عنوان تھا 'ساون کی گھٹا'۔ ہم نے سنجیدگی سے کہا۔ "سبحان اللہ کتنا خوبصورت لہنگا ہے۔"

"لہنگا؟ اجی حضرت یہ لہنگا نہیں، گھٹا کا منظر ہے۔"

"واہ صاحب! آپ مجھے بناتے ہیں۔ یہ تو صاف ریشمی لہنگا ہے۔"

"میں کہتا ہوں یہ لہنگا نہیں ہے۔"

"اصل میں آپ نے لہنگا ہی بنایا ہے لیکن غلطی سے اسے ساون کی گھٹا سمجھ رہے ہیں۔"

"یقین کیجئے میں نے لہنگا۔۔۔"

"اجی چھوڑیئے آپ کے تحت الشعور میں ضرور کسی حسینہ کا لہنگا تھا۔ دراصل آرٹسٹ بعض اوقات خود نہیں جانتا کہ وہ کس چیز کی تصویر کشی کر رہا ہے۔"

"لیکن یہ لہنگا ہر گز نہیں۔۔۔"

"جناب میں کیسے مان لوں کہ یہ لہنگا نہیں۔ کوئی بھی شخص جس نے زندگی میں کبھی لہنگا دیکھا ہے، اسے لہنگا ہی کہے گا۔"

"دیکھئے آپ زیادتی کر رہے ہیں۔"

"اجی آپ آرٹسٹ ہوتے ہوئے بھی نہیں مانتے کہ آرٹ میں دو اور دو کبھی چار نہیں ہوتے، بلکہ پانچ، چھ، سات یا آٹھ ہوتے ہیں۔ آپ اسے گھٹا کہتے ہیں۔ میں لہنگا سمجھتا ہوں۔ کوئی اور اسے مچھیرے کا جال یا پیراشوٹ سمجھ سکتا ہے۔"

"اس کا مطلب یہ ہوا کہ میں اپنے خیال کو واضح نہیں کر سکا۔"

"ہاں مطلب تو یہی ہے۔ لیکن بات اب بھی بن سکتی ہے۔ صرف عنوان بدلنے کی ضرورت ہے۔ 'ساون کی گھٹا' کی بجائے 'ان کا لہنگا' کر دیجئے۔"

مسٹر زیرو نے دوسری تصویر دکھاتے ہوئے کہا، "اس کے متعلق کیا خیال ہے۔"

غور سے تصویر کو دیکھنے کے بعد ہم نے جواب دیا۔ "یہ ریچھ تو لاجواب ہے۔"

زیرو صاحب نے چیخ کر کہا، "ریچھ کہاں ہے یہ"

"ریچھ نہیں تو اور کیا ہے۔"

"یہ ہے زمانۂ مستقبل کا انسان۔"

"اچھا تو آپ کے خیال میں مستقبل کا انسان ریچھ ہو گا۔"

"صاحب یہ ریچھ ہر گز نہیں۔"

"چلئے آپ کو کسی ریچھ والے کے پاس لے چلتے ہیں۔ اگر وہ کہہ دے کہ یہ ریچھ ہے تو؟"

"تو میں تصویر بنانا چھوڑ دوں گا۔"

"تصویریں بنانی تو آپ ویسے ہی چھوڑ دیں تو اچھا رہے۔"

"وہ کس لئے۔"

"کیونکہ جب کوئی آرٹسٹ انسان اور ریچھ میں بھی تمیز نہیں کر سکتا تو تصویریں بنانے کا فائدہ۔"

مسٹر زیرو نے جھنجھلا کر کہا، "یہ آج آپ کو ہو کیا گیا ہے۔"

ہم نے قہقہہ لگا کر عرض کیا، "آج ہم بنانے کے موڈ میں ہیں اور خیر سے آپ ہمارے تیسرے شکار ہیں!"

* * *

شیخ سلی

شیخ سلی کہ جو شیخ چلی کے پڑ پوتے کہلاتے تھے، دور کی کوڑی لانے میں یکتائے روز گار تھے۔ ایک دن بیگم سے کہنے لگے، "پلان بناؤ ورنہ تباہ ہونے کے لئے تیار ہو جاؤ۔" بیگم سمجھیں شیخ صاحب فیملی پلاننگ کا ذکر کر رہے ہیں۔ ہوا میں ہاتھ نچاتے ہوئے بولیں، "شرم نہیں آتی، اس عمر میں فیملی پلاننگ کا ذکر کرتے ہوئے۔ گیارہ بچے پیدا کرنے کے بعد جب طبیعت اوب گئی تو توبہ کی سوجھی۔"

شیخ صاحب نے بیگم کی ناسمجھی پر سر پیٹنے کے بعد جواب دیا، "ہمیں آج تک پتہ نہ چلا خدا نے کس مصلحت کی بنا پر تمہیں عقل سے محروم رکھا۔ ہم فیملی پلاننگ کا نہیں سات سالہ پلان کا ذکر کر رہے ہیں۔ اودلا کے متعلق ہمارا جو نظریہ ہے اس سے ساری دنیا بخوبی واقف ہے۔ دراصل غالب کا جو عقیدہ آموں کے بارے میں تھا، ہمارا وہی بچوں کے بارے میں ہے۔ یعنی زیادہ ہوں اور میٹھے ہوں۔ میٹھے یعنی 'سویٹ'۔ ہم بچوں کی تعداد سے کبھی نہیں گھبرائے۔ اگر ایک بچہ بھی لائق ثابت ہو ننانوے لائق بچوں کی تلافی ہو جاتی ہے۔"

"پھر یہ سات سالہ پلان کیا ہے؟"

"توبہ توبہ! بد مذاقی کی حد ہو گئی۔ تم پلان کو بلا سمجھتی ہو۔ یہی وجہ ہے ہمارے یہاں زبوں حالی نے ڈیرا ڈال رکھا ہے۔ تم نے شاید وہ شعر نہیں سنا:

یاران تیز گام نے منزل کو جالیا"

ہم۔۔۔

بیگم نے شیخ صاحب کی بات کاٹتے ہوئے سوال کیا، "کون سے یاران تیز گام نے؟"

شیخ صاحب نے جھلا کر کہا، "لاحول واللہ۔ عجیب نا معقول عورت ہو۔ کتنے بیہودہ سوال کرتی ہو، ارے بھئی انہوں نے جنہیں خداوند کریم نے توفیق دی کہ سات سالہ پلان بنائیں۔"

"اس سے انہیں کیا فائدہ ہوا؟"

"ان کے وارے نیارے ہو گئے۔ ان دنوں وہ کروڑ پتی کہلاتے ہیں۔ شاندار کوٹھیوں میں رہتے ہیں۔ پر تکلف کاروں میں گھومتے ہیں۔ مطلب یہ کہ بڑے ٹھاٹھ سے زندگی بسر کر رہے ہیں۔ حالانکہ وہ کبھی ہم سے بھی زیادہ مفلس اور قلاش تھے۔"

"اگر یہ بات ہے تو آپ بھی اللہ کا نام لے کر سات سالہ پلان بنا ڈالیے۔ شاید اس سے ہی ہمارے دن پھریں۔"

"ابھی بناتے ہیں، تم ہمت کر کے ایک کاغذ اور قلم لے آؤ۔"

کاغذ کو میز پر رکھتے ہوئے شیخ صاحب نے بیگم کو مخاطب کرتے ہوئے کہا، "اچھا پہلے اس پلان کا ذرا خاکہ سن لو۔"

"فرمائیے۔"

"ہم اپنے گیارہ بچوں کو ولایت بھیجیں گے۔"

"کرکٹ ٹیسٹ میچ میں حصہ لینے کے لئے۔"

"تم بھی الٹی کھوپڑی کی ہو، کرکٹ ٹیسٹ میچ میں حصہ لینے کے لئے نہیں، آکسفورڈ یونیورسٹی میں اعلیٰ تعلیم حاصل کرنے کے لئے۔"

"اس کے لئے روپیہ کہاں سے آئے گا؟"

"اس کی فکر نہ کرو۔ ہم اپنی زمین بیچ دیں گے۔ پھر بھی کام نہ بنا تو گھر کا اسباب فروخت کر دیں گے۔"

"یہ مسئلہ تو حل ہوا آگے چلئے۔"

"ہم اپنا بوسیدہ مکان مسمار کر دیں گے، اس کے بجائے عالی شان کوٹھی تعمیر کریں گے۔"

"کوٹھی کے لئے۔۔۔"

"روپیہ کہاں سے آئے گا، تم یہی بات کہنا چاہتی ہو نا۔ کوئی نہ کوئی خدا کا بندہ دے ہی دے گا۔ آخر ہندوستان میں پچپن کروڑ انسان رہتے ہیں۔ یہ سب تو بخیل ہو نہیں سکتے۔ بالفرض ہمیں کسی نے روپیہ نہ دیا، ہم غیر ممالک میں رہنے والوں سے اپیل کریں گے کہ اس کار خیر میں ہمارا ہاتھ بٹائیں۔ بہرحال مایوس ہونے کی قطعی ضرورت نہیں۔"

"کوٹھی بھی بن گئی، اب اور کیا بنانے کا ارادہ ہے؟"

"اس کے بعد ہم ایک ڈی لکس کار خریدیں گے۔ یہ ماہانہ قسطوں پر خریدی جائے گی جنہیں ہمارا کوئی نہ کوئی دوست ادا کرے گا۔"

"فرض کیجئے، ہمارا کوئی دوست قسطیں ادا کرنے پر رضامند نہیں ہوتا پھر؟"

"تم ایسی فضول بات فرض ہی کیوں کرتی ہو۔ یہ کیوں نہیں فرض کر تیں کہ ہمارے اتنے دوست رضامند ہو جائیں گے کہ ہمیں ہر ماہ بذریعہ قرعہ اندازی فیصلہ کرنا پڑے گا کہ ان میں سے کون قسط ادا کرے گا۔ بصورت دیگر ہم اسی ہزار روپیہ قرض لے لیں گے۔"

"کار لینے کے بعد ہمارا اگلا پروگرام کیا ہو گا؟"

"اگلا پروگرام پیداوار بڑھانا ہوگا۔ تم شاید پوچھنا چاہو گی زمین بیچنے کے بعد ہم فصلیں کہاں اگائیں گے۔ اس سوال کا صاف اور سیدھا جواب ہے اپنی کوٹھی کے آنگن میں اور کوٹھی کی چھت پر۔"

"کوٹھی کی چھت پر آپ ہل چلائیں گے کیا؟"

"ہل نہیں ٹریکٹر۔"

"پھر تو چھت کا خدا حافظ ہے۔"

"کوئی مضائقہ نہیں ہم ٹریکٹر ذرا آہستہ چلائیں گے۔"

"لیکن چھت پر جگہ ہی کتنی ہو گی؟"

"اس کا وہم نہ کرو۔ ہم جدید کھاد کا استعمال کر کے تھوڑی زمین میں زیادہ پیداوار حاصل کر لیں گے۔ تین سال کے بعد ہمیں فصل سے اتنی آمدنی ہو جائے گی کہ ہم اپنا سارا قرض ادا کر سکیں گے۔ اس کے بعد آنے والے چار برسوں میں ہماری خوشحالی کا وہ ٹھکانہ ہو گا کہ لوگ ہم پر رشک کیا کریں گے۔"

"تو یہ ہے آپ کی سات سالہ پلان کا مکمل خاکہ۔"

"ابھی مکمل کہاں ہے، ہم نے تمہیں یہ تو بتایا نہیں کہ کوٹھی کے دو کمروں میں پولٹری فارم کھولا جائے گا۔ پانچ سو مرغیاں پالی جائیں گی۔ ہر ایک مرغی اوسطاً دس چوزہ۔۔۔"

"آپ تو اپنے پڑدادا شیخ چلی کی طرح ہوائی قلعے بنانے لگے۔"

"پڑ دادا جان تو بڑے سادہ لوح تھے۔ اگر کوئی باقاعدہ پلان بناتے تو آج ہمارے خاندان کی حالت اتنی پتلی نہ ہوتی۔ ہاں تو ہم کہہ رہے تھے ایک چوزہ دو روپے میں فروخت کیا جائے گا۔ اب ہمارے پاس دس ہزار روپیہ ہو جائے گا۔"

"اس سے شاید آپ بھیڑیں خریدں گے؟"

"ہاں، اور بھیڑوں کے اون فروخت کر کے جو روپیہ آئے گا اس سے ہم ایک نئ قسم کا کارخانہ لگائیں گے۔"

"یہ کارخانہ کون سامال تیار کرے گا؟"

"یہ کارخانہ چھوٹے چھوٹے کارخانے تیار کرے گا، جیسے سیمنٹ تیار کرنے کا کارخانہ، بلیڈ بنانے کا کارخانہ، کھانڈ بنانے کا کارخانہ، موٹریں بنانے کا کارخانہ وغیرہ وغیرہ۔ آئندہ جس شخص کو کارخانہ لگانا مقصود ہو گا وہ ہمارے کارخانے سے بنا بنایا کارخانہ آکر لے جایا کرے گا۔"

"تب تو ہم کروڑپتی ہو جائیں گے؟"

"اس میں کیا شک ہے؟"

"اس پلان کو عملی جامہ کب پہنایا جائے گا؟"

شیخ صاحب نے یک لخت ایک قہقہہ لگا کر کہا، "عملی جامہ، بیگم کیا تم واقعی سمجھتی ہو، پلانوں کو عملی جامہ پہنایا جاتا ہے۔ تم بڑی سادہ لوح ہو۔ ہم شیخ چلی کے پڑپوتے سہی لیکن اتنا تو ہم بھی جانتے ہیں پلان صرف کاغذ پر بنائے جاتے ہیں۔ جانتی ہو اگر ہم اس پلان پر عمل کریں گے، ہمارا کیا حشر ہو گا۔ ہمیں زمین اونے پونے فروخت کرنی پڑے گی۔ کوئی شخص ہمیں قرض دینے پر آمادہ نہ ہو گا۔ ہمارا کوٹھی بنانے کا خواب شرمندہ تعبیر نہ ہو گا۔ اگر ہم اپنا بوسیدہ مکان گرا دیں گے ہمیں فٹ پاتھ پر بسیرا کرنا پڑا گے۔ ہمارے بچے فیس ادا نہ کر سکیں گے اور انہیں آکسفورڈ سے نکال دیا جائے گا۔ مختصر یہ کہ ہماری حالت پہلے سے بھی بد تر ہو جائے گی۔"

"اگر یہ معاملہ ہے تو اتنی ناف زنی کی کیا ضرورت تھی؟"

"بیگم دہلی میں ایک بہت بڑے شاعر ہوئے ہیں۔ انہوں نے فرمایا تھا؛

دل کے بہلانے کو غالب یہ خیال اچھا ہے۔"

"پھر بھی اسے عملی جامہ پہنانے میں حرج کیا ہے؟"

"ضرور جاننا چاہتی ہو۔"

"ہاں۔"

"حرج صرف اتنا ہے جب ہمارا سات سالہ پلان فیل ہو جائے گا تو ہم دونوں کو یہ نعرہ لگانا پڑے گا، "پلان بناؤ اور تباہ ہو جاؤ۔"

***

بندہ پرور! کب تلک؟

بندہ پرور! یہ سگریٹ جو میں نے ابھی آپ کو پیش کیا ہے دو سال ہوئے دو پیسے میں یہاں بکتا تھا۔ پچھلے سال تین پیسے میں اور ان دنوں ایک آنے میں مل رہا ہے۔ آپ فرماتے ہیں کہ آپ نے اس کی قیمت بڑھا کر مجھ پر احسان کیا ہے۔ میں آپ کی طرح ریاضی میں ماہر نہیں ہوں۔ لیکن یہ بات تو کسی معمولی ریاضی داں کی سمجھ میں بخوبی آسکتی ہے کہ آپ نے سگریٹ کی قیمت سو فی صد بڑھا کر کرم نہیں ستم کیا ہے۔ اس پر بھی آپ فرماتے ہیں کہ میں اس ستم کو ستم نہ کہوں۔

اچھا آپ کی خاطر اسے کرم تسلیم کر لیتا ہوں کہ آپ شریف آدمی ہیں۔ میرا مطلب ہے کبھی ضرور شریف ہوا کرتے تھے۔ آپ کہتے ہیں، اگر سگریٹ مہنگے ہو گئے ہیں، تو میں بیڑی کیوں نہیں پیتا۔ لیکن بندہ پرور! بیڑی بھی آج کل کو نسی سستی ہے۔ بیڑی سگریٹ کے بھاؤ بکتی ہے۔ سگریٹ سگار کے بھاؤ اور سگار اتنا مہنگا کہ آپ کے علاوہ بہت کم لوگ پی سکتے ہیں۔ خیر سگریٹ اور بیڑی کی بات جانے دیجئے۔ ان کے بغیر بھی انسان زندہ رہ سکتا ہے۔ راشن کے متعلق آپ کا کیا خیال ہے۔ خدا نخواستہ کہیں آپ یہ تو نہیں سمجھتے کہ راشن کے بغیر بھی آدمی زندہ رہ سکتا ہے۔

بندہ پرور! پچھلے ہفتے جو مجھے راشن ملا، اس میں گیہوں کم اور کنکر زیادہ تھے۔ آپ یقین فرمایئے کہ گیہوں صاف کرتے وقت کئی بار سوچنا پڑا کہ اس میں سے کنکر چنے جائیں

یا گیہوں۔ اگر ایسا راشن کھا کھا کر میری انتڑیاں یا گردے یا دونوں بیکار ہو گئے تو آپ تو یہی کہیں گے کم بخت اندھا تھا۔ مٹی اور گیہوں ملا کر کھاتا رہا اور شاید میں تسلیم کر لوں گا کہ میں واقعی اندھا تھا کیونکہ آپ شریف آدمی ہوں نہ ہوں چالاک ضرور ہیں۔ راشن کی کوالٹی کو چھوڑیئے۔ اس کی کوانٹٹی کو لیجئے۔ کسی ہفتے آپ مجھے پانچ چھٹانک دیتے ہیں اور کسی ہفتے تین چھٹانک۔ کیا آپ کا یہ تو خیال نہیں کہ ایک ہفتے مجھے بھوک زیادہ لگتی ہے اور دوسرے ہفتے کم۔ آپ کی دعا سے ابھی میرا ہاضمہ خراب نہیں ہوا۔ مجھے ہر ہفتے ایک جیسی بھوک لگتی ہے۔ اس لئے کم از کم جب تک میرا ہاضمہ بگڑتا نہیں مجھے پانچ چھٹانک راشن دینے کی عنایت کیجئے اور سنئے بندہ پرور! جب خراب راشن اور ناخالص گھی کھانے کے بعد بیمار پڑتا ہوں تو بخدا! بیماری سے اتنا ڈر نہیں لگتا جتنا آپ کے ڈاکٹروں سے۔ سبحان اللہ! کیا خیراتی شفاخانے کھول رکھے ہیں آپ نے۔ گھنٹوں قطار میں کھڑا رہتا ہوں لیکن باری نہیں آتی۔ ایک انار وصد بیمار والا معاملہ ہوتا ہے اور پھر اسپتال! اگر بستر ملتا ہے تو دوا نہیں ملتی۔ دوا ملتی ہے تو بستر نہیں ملا۔ ڈاکٹر بات سن لیتا ہے تو نرس پروا نہیں کرتی۔ نرس مہربان ہوتی ہے تو کمپونڈر روٹھ جاتا ہے۔ گستاخی معاف! کہیں آپ نے یہ شفاخانے آبادی کے بڑھتے ہوئے دباؤ کو کم کرنے کے لئے تو نہیں کھولے۔ اگر یہ بات ہے تو پھر تو وہ بہت اچھا کام کر رہے ہیں۔

بندہ پرور! پچھلے چند سالوں سے آپ نے اتنے "جرمانے" لگا دیئے ہیں کہ بسا اوقات سوچتا ہوں کہ آپ کا کام صرف جرمانے لگانا اور میرا کام جرمانے ادا کرنا ہے۔ معلوم ہوتا ہے کہ میں کماتا اسی لئے ہوں کہ آپ کے لگائے ہوئے جرمانے ادا کر سکوں۔ اگر گھڑی خریدتا ہوں تو گھڑی خریدنے کا جرمانہ ادا کرتا ہوں۔ اگر قلم لیتا ہوں تو قلم خریدنے کا جرمانہ دیتا ہوں۔ گھڑی یا قلم خریدنے کے بعد جو تھوڑی بہت "کمر" بچ جاتی ہے۔ اسے

آپ کا جرمانہ توڑ دیتا ہے۔ خون پسینہ بہا کر روپیہ کماتا ہوں۔ لیکن روپیہ کمانے کا بھی جرمانہ ادا کرنا پڑتا ہے۔ چاہئے تو یہ تھا کہ آپ میری ہمت اور مشقت کو سراہتے اور مجھے ایک آدھ تمغہ عطا فرماتے لیکن آپ تو الٹا جرمانہ طلب کرتے ہیں۔ ستم ظریفی ملاحظہ فرمائیے کہ آپ یہ جرمانے اپنے قول کے مطابق میری بہبودی کے لئے وصول کرتے ہیں۔ یہ بات سمجھ میں نہیں آئی کہ میں میری بہبودی کیا ہے۔ یہ تو ایسا ہی ہے کہ آپ میری کھال اتراتے یا خون نچوڑتے چلے جائیں اور ساتھ ساتھ کہیں کہ آپ میری بہبودی کے لئے کر رہے ہیں۔ میں آپ جیسا ذہین نہ سہی لیکن اتنا کند ذہن بھی نہیں کہ آپ میری کھال اتاریں، مجھے تکلیف محسوس ہو اور میں اسے اپنی بہبودی سمجھوں۔

اچھا یہ بھی جانے دیجئے۔ یہ جو آج کل آپ مجھے فلمیں دکھا رہے ہیں ان کے متعلق کیا ارشاد ہے۔ مجھے تو یوں محسوس ہوتا ہے کہ مجھے دکھانے سے پہلے جب آپ خود دیکھتے ہیں تو آنکھوں پر پٹی باندھ لیتے ہیں اور کانوں میں روئی ٹھونس لیتے ہیں۔ اسی لئے تو آپ کو عریاں سے عریاں منظر نظر نہیں آتا اور بیہودہ سے بیہودہ گانا سنائی نہیں دیتا۔ ورنہ یہ تو ظاہر ہے کہ آپ ایسی فلمیں مجھے اور میرے بچوں کو کبھی نہ دکھاتے، پھر ستم یہ کہ کسی بھی اچھے ملک کی بنی ہوئی فلمیں آپ مجھے دیکھنے کی اجازت نہیں دیتے۔ کہیں آپ کی رائے میں فلموں سے مراد محض "ننگی پنڈلیاں" یا "نیم عریاں سینے" تو نہیں۔ بندہ پرور کچھ سمجھ دار لوگ تو فلموں سے بڑے بڑے کام نکالتے ہیں۔ پھر آپ یہ کیوں سمجھتے ہیں کہ نیم عریاں اعضا کی نمائش ہی فلموں کا سب سے بڑا افادی پہلو ہے۔ آپ کا اپنا مذاق لاکھ پست سہی لیکن آپ میرا مذاق بگاڑنے پر کیوں تلے ہوئے ہیں۔ آپ شاید کہیں گے کہ تمہارا مذاق سنوارنا میرا کام نہیں۔ یہ ادباء اور معلمین کا ہے لیکن آپ نے ادباء

اور معلمین کے لئے کیا گیا ہے۔ یہی نا کہ بہترن ادباء اور معلمین کو جیل کی کوٹھریوں میں بند کر دیا اور باقی کی تصانیف کو نذر آتش کرا دیا۔

یہ بھی فضول بات ہے؟ اچھا اسے بھی رہنے دیجئے۔ خدا را یہ بتایئے کہ آپ مجھ سے خواہ مخواہ کیوں ڈرتے رہتے ہیں۔ میں تو ایک بے ضرور انسان ہوں۔ میرے پاس نہ پستول ہے نہ بم۔ پستول میں نے دوسروں کے پاس دیکھا ضرور ہے لیکن یقین فرمایئے، چلایا کبھی نہیں اور بم! بم کی شکل سے ہی ناواقف ہوں لیکن آپ سمجھتے ہیں کہ میں ہر وقت ہاتھ میں پستول اور بغل میں بم لئے پھرتا ہوں۔ یہ جو آپ نے نصف درجن خادم صرف میری نگرانی کے لئے تعینات کر رکھتے ہیں، میرے خیال میں بڑے مضحکہ خیز ہیں۔ انہیں اس کے سوا کوئی کام نہیں کہ سائے کی طرح میرے پیچھے لگے رہیں۔ سایہ تو صرف روشنی میں تعاقب کرتا ہے۔ یہ تاریکی میں بھی پیچھا کرنے سے باز نہیں آتے۔ اگر میں کسی ہوٹل میں چائے پینے جاتا ہوں تو یہ بھی وہاں پہنچ جاتے ہیں۔ میں چائے کا پیالہ اٹھاتا ہوں، یہ دیکھتے رہتے ہیں کہ میں پیالہ دائیں ہاتھ سے اٹھاتا ہوں یا بائیں ہاتھ سے۔ اگر میں فلم دیکھنے جاتا ہوں تو وہ یہ دیکھنے جاتے ہیں کہ میں کون سی فلم دیکھنے گیا تھا اور پھر یہ میرے متعلق عجیب و غریب انکشافات کرتے رہتے ہیں۔ "آج شام کے پانچ بجے یہ خطرناک شخص فلاں سڑک پر کھڑا تھا۔ معلوم ہوتا ہے سڑک کو بارود سے اڑانے کی ترکیب سوچ رہا تھا۔" "کل دن کے ایک بجے یہ شخص فلاں بینک میں داخل ہوا۔ وثوق سے کہا جا سکتا ہے کہ بینک کو لوٹنا چاہتا تھا"۔ "آج صبح کے سات بجے یہ شخص سیکریٹریٹ کے سامنے سے گذر رہا تھا۔ صاف ظاہر ہے حکومت کا تختہ الٹنا چاہتا تھا۔"

بندہ پرور! جیسا کہ میں نے آپ کو پہلے بتایا، میرے پاس پستول ہے نہ بم۔ پیشہ آبا سو پشت نہیں ہزار پشت سے سپہ گری نہیں رہا۔ ایک معمولی سا سیکنڈ ہینڈ قلم ضرور ہے۔ اس

کی نب بھی اتنی گھس چکی ہے تین بار روشنائی میں ڈبوؤں تو ایک لفظ لکھتی ہے۔ پھر خواہ مخواہ میرا تعاقب کیوں کیا جارہا ہے۔

بندہ پرور! آپ کہیں گے کہ میری سب شکایتیں فضول ہیں یا یہ کہ وہ جائز ہیں لیکن آپ انہیں رفع کرنے کی کوشش کریں گے۔ پانچ سال ہوئے آپ نے یہی کہا تھا آج بھی وہی کہتے ہیں۔ مجھے نہ اس وقت یقین آیا تھا نہ اب آرہا ہے۔ لیکن ان پانچ سالوں کے بعد بھی اگرچہ آپ وہی ہیں جو پہلے تھے۔ کم از کم میں یقیناوہ نہیں ہوں جو کبھی تھا۔ آپ کے پاس لاکھ خوبصورت الفاظ سہی لیکن اب آپ مجھے ان خوبصورت جھنجھنوں سے بہلا نہیں سکتے۔ میں جانتا ہوں آپ بڑے شعبدہ باز ہیں لیکن اتنا تو آپ بھی تسلیم کریں گے کہ جب کسی شعبدے کا بھانڈا چوراہے پر پھوٹ جاتا ہے تو وہ شعبدہ نہیں رہتا، ایک بہت بڑا مذاق بن جاتا ہے۔ آپ مجھے ہزاروں سبز باغ دکھائیں لیکن میں جانتا ہوں کہ یہ وہ باغ ہیں جہاں بہار کا بھولے سے بھی گزر نہیں ہوتا۔ یہ نہ صرف میں نے جان لیا ہے بلکہ میرے جیسے لاکھوں انسانوں پر یہ راز کھل چکا ہے کہ آپ اور داغ دہلوی کے "بت حیلہ جو" میں صرف یہ فرق ہے کہ وہ خوبصورت تھا اور آپ خوبصورت نہ ہونے کے باوجود "حیلہ جو" ہیں۔ ان حالات میں آپ کا یہ کہنا کہ آپ ایک بار پھر مجھے فریب دینے کی کوشش کریں گے، کہاں تک کار آمد ہو سکتا ہے۔ میں تسلیم کرتا ہوں کہ عوام کو فریب دیا جا سکتا ہے اور دیا گیا ہے لیکن سوال یہ ہے کہ بندہ پرور کہ بندہ پرور! کب تلک؟

***

طنز و مزاح کے شہ پاروں پر مشتمل ایک اور مجموعہ

گردِ کارواں

مصنف : کنہیا لال کپور

بین الاقوامی ایڈیشن منظر عام پر آ چکا ہے